ullstein

Das Buch

Erotische Phantasie kennt keine Grenzen – und Madame S. hält nichts von Geheimhaltung. In diesem Buch versammelt Madame S. zehn Stories, die von erotischer Verführung erzählen – eine aufregender als die andere und alle so süß wie die Sünde. Offen und ehrlich erzählen Frauen darin von ihren leidenschaftlichen Geheimnissen und ihren sexuellen Abenteuern.

So berichtet eine Reisende von den Vorzügen der Business-class, wenn man hoch über den Wolken ein erotisches Stelldichein mit einem Fremden erleben will. Eine experimentierfreudige Frau lässt uns daran teilhaben, wie sie mit ihren Freunden Rick und Sam, die eigentlich ein Paar sind, ein sexuelles Abenteuer zu dritt wagt, und eine junge Schriftstellerin erzählt davon, wie aufregend es ist, sich auf einmal als Voyeurin eines äußerst leidenschaftlichen Pärchens wiederzufinden. Madame S. wünscht eine anregende Lektüre!

Die Autorin

Madame S. lebt in England und hat dort bereits mehrere Sammlungen mit erotischen Stories veröffentlicht.

Madame S.

Sündige Geheimnisse

Erotische Stories

Aus dem Englischen
von Nadine Nagel und Lisa Kuppler

Ullstein

Besuchen Sie uns im Internet:
www.ullstein-taschenbuch.de

Deutsche Erstausgabe im Ullstein Taschenbuch
1. Auflage September 2011
© für die deutsche Ausgabe
Ullstein Buchverlage GmbH, Berlin 2011
Text written by Siobhah Kelly © Ebury Press 2007
First published by Ebury Press, on Imprint of Ebury Publishing
A Randomhouse Group Company
Titel der englischen Originalausgabe: Madame B's Stories of Seduction
Konzeption: HildenDesign, München
Umschlaggestaltung: Zero Werbeagentur, München (unter Verwen-
dung einer Vorlage von HildenDesign, München)
Titelabbildung: © Sabine Schönberger photography
Satz: LVD GmbH, Berlin
Gesetzt aus der Berkeley Oldstyle
Papier: Pamo Super von Arctic Paper Mochenwangen GmbH
Druck und Bindearbeiten: CPI – Ebner & Spiegel, Ulm
Printed in Germany
ISBN 978-3-548-28361-6

Inhalt

Liebe Leserin,

herzlich willkommen zur dritten Ausgabe meiner Gutenachtgeschichten, bei denen Ihnen auf keinen Fall die Augen zufallen werden. Ich sammle erotische Geständnisse von Frauen, Geschichten von Frauen, die ihre wildesten Phantasien wahr werden ließen und mir ihre knisternd-heißen Geheimnisse anvertrauten.

Seit Jahren halte ich diese aufregenden Erlebnisse in einem in rotes Leder gebundenen Notizbuch fest. Das Buch ist mein ständiger Begleiter, und ich selbst schmökere manchmal darin, wenn mir der Sinn nach einer antörnenden erotischen Geschichte steht. Doch alles, was in diesem Büchlein steht, ist so aufregend und so unglaublich sexy, dass ich es nicht länger einem größeren Lesepublikum vorenthalten wollte.

Seit die ersten beiden Bände der erotischen Geheimnisse erschienen sind, habe ich fleißig neue Geschichten gesammelt. Anscheinend gibt es viele Leserinnen und auch Leser, die erfahren wollen, was Frauen im Bett und auch sonst überall wirklich so treiben. So ist diese neue Sammlung entstanden, voller erregender, außergewöhnlicher Geschichten von Frauen, die ihre sexuellen Phantasien bis zum Äußersten ausgelebt und das erotische Potential weiblicher Lust voll ausgereizt haben. Manche der Geschichten sind romantisch und einfühlsam, andere schockierend und nichts für zarte Gemüter. Aber alle haben sie eines gemeinsam: Sie sind wirklich passiert.

Ich wünsche Ihnen beim Lesen viel Freude. Und wenn eine der Geschichten Sie dazu inspirieren sollte, einmal selbst ein wildes, heißes Abenteuer zu riskieren und wenn Sie danach jemandem davon erzählen wollen … nun, bei mir stoßen Sie immer auf ein offenes Ohr.

Madame S.

Wie ich Mitglied im Mile High Club wurde

Im Flugzeug zu sitzen hat einen ganz speziellen Kitzel. Bei zehntausend Meter Flughöhe ist man weder hier noch dort. Das normale Leben ist weit entfernt, und auf einmal ist alles möglich. Es heißt ja, Fliegen wäre nicht mehr glamourös, nicht mehr aufregend und sexy. Doch es gibt immer noch sehr gute Gründe, warum der Mile High Club so viele Mitglieder hat, meint die Verfasserin der folgenden Geschichte.

Man hört ja immer wieder von Leuten, die angeblich ein Upgrade von der Economy- in die Business-Class bekommen haben. Ich habe nie viel auf solche Geschichten gegeben, reine Angeberei, dachte ich immer. Einer normalen Frau wie mir passiert so etwas einfach nicht. Doch dann ist es mir tatsächlich passiert, und es wurde wirklich ein außergewöhnlicher Flug.

Ich war auf dem Weg von Edinburgh nach London, wo ich an einem Geschäftstreffen teilnehmen sollte. Meine vagen Vorstellungen von einem glamourösen Business-Trip wurden sofort im Keim erstickt, als mein Chef mir ein Economy-Ticket in die Hand drückte. Für einen Inlandsflug von kaum einer Stunde würden sich Kosten für die Business-Class nicht lohnen, sagte er noch.

Am nächsten Morgen kam ich am Flughafen an und übergab der jungen Frau am Schalter meinen Ausweis und die Flugbestätigungsnummer. Ihr Gesicht nahm sofort einen bedauernden Ausdruck an.

»Tut mir wirklich leid, aber Ihr Flug ist komplett ausgebucht«, verkündete sie mir.

Sie musste die leichte Panik bemerkt haben, die in mir hochstieg. Ich konnte das Geschäftstreffen einfach nicht verpassen. Gerade wollte ich loslegen und mich beschweren oder sie um einen Platz anbetteln – ich hatte mich noch nicht entschieden, wie ich am besten reagieren sollte –, da tippte sie hektisch in die Tastatur ihres Computers.

»Ah!« Ihre Miene hellte sich auf. »Das ist wirklich Ihr Glückstag! Wir haben noch einen freien Platz in der ersten Klasse. Kein Problem, Sie bekommen ein Upgrade.«

Damit überreichte sie mir die glänzende Erste-Klasse-Bordkarte und wies mir den Weg zum Erste-Klasse-Sicherheits-Check, wo die Passagiere bevorzugt abgefertigt wurden. In weniger als einer Minute wurde ich durchgeschleust, und ich hoffte nur, dass ich aussah, als würde ich wirklich in die Business-Class gehören. Glücklicherweise hatte ich für das Treffen wenigstens ein schickes Kostüm angezogen. Ein Sicherheitsbeamter überprüfte meine Bordkarte, dann wies er mir den Weg zur VIP-Lounge, auf die lediglich ein unauffälliges Schild hinter einer Schranke aufmerksam machte. Ich trat durch eine Tür aus undurchsichtigem Milchglas und fand mich in einer anderen Welt wieder. Ein livrierter Barkeeper presste gerade Orangen aus. Kaum hatte er mich erblickt, bot er mir auch schon frisch gebrühten Kaffee an. Gratis-Zeitungen lagen auf Designer-Glastischen, um sie waren Ledersofas gruppiert, die besser in die

Lobby eines Fünfsternehotels gepasst hätten. Auf ihnen saßen perfekt gekleidete, glamouröse Menschen, die hier die Zeit bis zum Abflug totschlugen. Ich beäugte sie voller Ehrfurcht. Meinen neuen Reisegefährten sah man ihr Geld und ihre Macht schon von weitem an, und sie strotzten natürlich alle vor Sex-Appeal. Und ich war mitten unter ihnen und gehörte sozusagen dazu.

Ein Mann fiel mir besonders auf. Er war tadellos gekleidet in einem dunkelblauen Nadelstreifenanzug. Sein Jackett war geöffnet, so dass das extravagante türkisfarbene Seidenfutter zu sehen war, gleichzeitig kam sein flacher muskulöser Bauch unter dem blassblauen Hemd und der Krawatte sehr gut zur Geltung. Die dunkelblonden Haare trug er sehr kurz, seine rosafarbenen Lippen ließen die markant-männlichen Gesichtszüge und das kantige Kinn weicher erscheinen. Er zog fast ein bisschen einen Schmollmund, während er sich auf seine *Financial Times* konzentrierte. Wenn alle Männer, die in der Business-Class flogen, von diesem Kaliber waren, dann musste ich unbedingt so viel Geld verdienen, dass ich mir regelmäßig die erste Klasse leisten konnte.

Das Warten wurde mir so angenehm gemacht, dass die Stunde rasch vorbeiging, und mein Flug nach London aufgerufen wurde. Vor Aufregung beeilte ich mich so sehr, dass ich als Erste die Treppen hoch ins Flugzeug stieg. Ich ließ mich zufrieden in den burgunderroten Ledersessel sinken, der den Sesseln in meiner Wohnung an Größe und Bequemlichkeit in nichts nachstand. Im nächsten Moment reichte mir die Stewardess auch schon ein Glas Champagner. Ja, dachte ich, als ich mir die hochhackigen Schuhe von den Füßen streifte und meine nackten Beine unterschlug, so lässt es sich reisen. Besser kann es einfach nicht mehr werden.

Und dann wurde mir klar, dass es doch noch ein bisschen besser werden konnte. Denn raten Sie mal, wer seinen Aktenkoffer über mir ins Gepäckfach schob? Genau, Mister Geldsack persönlich. Der Mann, vom dem ich in der letzten Stunde in der VIP-Lounge kaum die Blicke lassen konnte. Aus der Nähe sah ich, dass er ein wenig älter war, als ich geschätzt hatte – eher um die vierzig, vielleicht sogar fünfundvierzig. Aber das machte ihn nur noch sexier und ließ ihn noch vornehmer erscheinen. Als er sich neben mich setzte und mir etwas steif zunickte, konnte ich sein teures Parfüm riechen. Mir fielen seine matt glänzenden, manikürten Nägel auf. Dieser Mann verströmte eine Aura von Wohlstand und Kultiviertheit, die mich unglaublich anmachte.

Und ganz sicher war ich mir nicht, aber ich hatte das Gefühl, dass ich ihn auch nicht kaltließ. Ich erwischte ihn, wie er einen schnellen Blick auf meine nackten gebräunten Beine und meine hübschen Zehen warf, die ich in einem hellrosafarbenen Ton lackiert hatte, der mir ausnehmend gut stand. Er dachte wohl, ich könnte ihn hinter seiner *Financial Times* nicht sehen. Ich lächelte ihm zu, obwohl ich erst ein einziges Glas Champagner intus hatte. Sofort brach er den Blickkontakt und verkroch sich noch tiefer hinter seiner Zeitung. Ich rutschte auf meinem Sessel herum, damit er notgedrungen noch einmal zu mir blicken musste. Dabei öffnete ich unauffällig den obersten Knopf meiner Bluse. Wenn er rüberschaute, sollte ihn in meinem Ausschnitt der Anblick der aufreizenden Spitze meines Mieders erwarten. Als ich vor dem Start mein leeres Glas der Stewardess reichte, streifte ich mit voller Absicht seinen Arm.

»Entschuldigen Sie«, sagte ich, obwohl es meiner Meinung nach nichts gab, wofür ich mich entschuldigen müsste. Ob er bei der Berührung wohl auch diese kurze sexuelle Entladung gespürt hatte? Ich gähnte und streckte mich, wobei ich meine schlanke Taille prächtig zur Geltung bringen konnte, dann beugte ich mich nach vorn, damit er meinen Brustansatz sehen musste. Allmählich zeigten meine Anstrengungen Wirkung. Er konnte sich offensichtlich nicht mehr richtig auf seine Zeitung konzentrieren. Die Situation schien ihm auch recht unangenehm zu sein, weil sich – darauf würde ich wetten – unter dem maßgeschneiderten Anzug aus der Savile Row doch etwas regte.

Ich stellte mir vor, wie unter der kühlen, weltmännischen Fassade dieser Körper aus Fleisch und Blut erwachte. Der Gedanke machte mich wahnsinnig an.

Wir starteten. Die Kombination aus dröhnenden Flugzeugmotoren und dem sinnlichen Luxus des Ledersessels, auf dem ich mich seit Minuten wand und dabei schnurrte wie eine rollige Katze, hatten dafür gesorgt, dass ich schon ziemlich feucht war. Dieser Mann setzte sexuelle Energien frei wie ein Kraftwerk – und ich nahm alles in mich auf.

Ich schaute hoch, und unsere Blicke trafen sich. Mit strahlend blauen Augen starrte er mich direkt an, dann senkte er den Blick zu meinem Hals. Mir wurde klar, dass ich schon seit einiger Zeit mit den Fingern mein Schlüsselbein entlangstrich und unbewusst über die Rundungen meiner Titten fuhr. Manchmal, wenn ich an Sex denke, passiert mir das, aber ganz sicher hatte ich das noch nie in der Öffentlichkeit getan. Ich spürte, wie ich rot wurde, und schaute verlegen nach unten. Mein Blick fiel auf seine Oberschenkel, und da bemerkte ich es – ein Ständer, der ganz mir gehörte. Sein erigierter Schwanz sah groß und kräftig aus, ganz wie der Rest von ihm. Seine Hose spannte über dem harten Fleisch, und ein Zelt aus nadelgestreiftem Wollstoff ragte hoch. Als ich hinschaute, wurde es noch größer, und nun stieg auch ihm das Blut in die Wangen, als wir beide uns wortlos eingestanden, welche Wirkung wir aufeinander hatten.

Er öffnete die Lippen und schloss für einen Moment die Augen. Ich stellte mir vor, wie sein Gesicht wohl aussehen würde, wenn er kam, und – peng! – bei dem Bild, das mir lebhaft und geil vor Augen stand, schoss eine Hitzewelle durch meine Möse. Für einen kurzen Moment verschlug es mir den Atem, so heftig pochte es zwischen meinen Schenkeln. Also, dachte ich bei mir, jetzt steckst du wirklich in der Klemme. In der VIP-Lounge hatte der Typ mir gefallen, und ich hatte phantasiert, wie es wohl wäre, mit ihm zu vögeln. Aber jetzt war diese Phantasie schlagartig Wirklichkeit geworden. Und das Problem war, dass ich jetzt unbedingt mit ihm vögeln *musste*. Da gab es kein Halten mehr. Aber wo konnten wir vögeln? Und wie? Und wann? Herr im Himmel, lange hielt ich das nicht mehr aus. Noch nie in meinem Leben war ich so scharf auf jemanden gewesen. Mir wurde schon schwindelig vor Lust.

Ich holte ein paarmal tief Luft, bis mein Hirn wieder in einem funktionsfähigen Zustand war. Als ich dann die Beine überschlug, fühlte es sich an wie Folter und Ekstase zugleich. Meine pochende Möse war so prall, dass die leichteste Berührung und jede Bewegung neue Wellen von lustvoller Spannung durch meinen Körper jagten. Wie sollte ich nun vorgehen? Wir hatten kaum mehr als zwei Worte miteinander gewechselt. Die »Bitte anschnallen«- Anzeige war immer noch an, weshalb ich nicht zur Toilette rennen konnte, um es mir dort selbst zu besorgen. Die Vorstellung war verführerisch. Ich würde innerhalb von Sekunden kommen, das spürte ich genau. Aber ich konnte nicht weg von meinem Sitzplatz.

Unser Flugzeug stieg durch die Wolkendecke immer höher und flog dabei durch einige Turbulenzen. Dabei spielte mein Magen schon verrückt genug von all dem Adrenalin, das in meinen Blutbahnen kreiste. Ich spürte jedes Ruckeln auf meinem Sitz und wurde dadurch nur noch erregter. Um mich zu beruhigen, schloss ich die Augen, aber sofort stellte ich mir seinen Körper vor, seine Brust und seine Beine. Ich sah seine starken Arme vor mir und seinen durchtrainierten, flachen Bauch, von dem eine Linie aus flaumweichem dunkelblondem Haar nach unten führte zu seinem – Gott, ich musste ihn haben. Ich riss die Augen wieder auf. Er starrte mir auf die Titten, sein Blick hing gebannt an meinen Nippeln, die steif geworden waren, als ich mir ihn nackt vorgestellt hatte. Die Zeitung lag zusammengefaltet auf seinem Schoß. Konnte ich es wagen und ihn berühren? Würde ich mich zurückhalten können, wenn ich seine Muskeln unter meinen Fingern gespürt hatte?

Draußen war es immer noch dunkel, und die Stewardess schaltete das Licht aus, so dass wir im Halbdunkel saßen. Durch den Lautsprecher sagte sie durch, wer lesen möchte, solle das Oberlicht anschalten. Über einigen Plätzen gingen die winzigen Lämpchen an, die ein weiches, erotisches Licht in der Kabine verbreiteten, als würden wir von Kerzen beschienen. Wenn er jetzt nicht das Oberlicht anschaltete und sich wieder der Zeitung zuwandte, war das die Chance, auf die ich gewartet hatte.

Doch was dann kam, war so unerwartet und so erregend,

dass es mir für einen Moment den Atem verschlug. Meine Hand fand wie von selbst zurück zu meinem Schlüsselbein, das ich automatisch wieder zu streicheln begann. Er öffnete seinen Hosenschlitz, und seine Hand verschwand unter der Zeitung. Die Bewegungen seines Unterarms ließen keinen Zweifel daran, dass er seinen Schwanz umfasst hatte und sich selbst befriedigte. Zuerst hatte er die Augen geschlossen, doch dann wandte er sich mir zu und warf mir mit gehobener Braue einen erwartungsvollen Blick zu. Es war eine Herausforderung, auf die ich mich nur zu gern einließ.

Ich schaute mich kurz nach den anderen Passagieren um, doch niemand beachtete uns. Dann schlug ich die Beine unter, so dass ich wie ein Buddha in dem breiten Sessel saß, und schob mir dabei den Rock bis zur Taille hoch. Zuerst bewegte ich mein Höschen ein wenig hin und her und genoss, wie die Zwickelnaht über meine Klitoris rieb. In diesem Stadium war ich dankbar für jede Art von Stimulation. Gott, meine Unterwäsche war nass, und der feuchte, warme Stoff klebte an meiner heißen, tropfenden, angeschwollenen Möse, als wäre meine Unterwäsche aus hauchdünner Seide. Dann wandte ich mich ihm zu, damit er alles genau mitbekam, und schob den Stoff zur Seite. Eine ganze Weile lang ließ ich ihn meine Möse sehen, die feucht war und pochte, während meine dunkelrosa Klit prall geschwollen war und sich nach seiner Zunge sehnte, aber sich bis jetzt noch mit meinen Fingern begnügen musste. Er grinste und fuhr sich mit der Zunge über die Lippen. Dann berührte ich mich mit dem Zeigefinger. Zärtlich ließ ich die Fingerkuppe auf meiner Klitoris kreisen, und eine erste Welle von Lust schoss durch meinen Körper. Doch bald war mir das zu wenig, und ich steckte erst einen, dann zwei Finger in mich hinein.

Ich stellte meine Möse vor einem völlig fremden Mann zur Schau, jeden Moment konnten wir erwischt werden – nicht auszudenken, was dann passieren würde. Doch die Situation ließ mich am ganzen Körper erbeben mit einem Lustgefühl, das fast schon an Angst grenzte. Mit jeder Berührung wurde ich noch erregter, wurde meine Geilheit noch drängender. Noch nie hatte mich etwas so angetörnt.

Er hob die Zeitung, damit ich seinen Schwanz sehen konnte. Selbst in dem Schummerlicht konnte ich erkennen, wie lang und dick er war. Er hatte denselben aprikosenfarbigen Ton wie die Haut des Mannes. Mit seiner gepflegten Hand bearbeitete er seinen Ständer, so dass sich die dunkel gefärbte Eichel unter der Vorhaut hervorschob. Sein Hodensack lag immer noch in der eleganten Hose versteckt, und diese unauffällige Geste der Zurückhaltung machte mich total an. Ich starrte wie gebannt auf seine Linke, die seinen zuckenden Ständer fest umschlossen hielt und im gleichmäßigen, schnellen Rhythmus auf- und abglitt.

Überall in meinem Körper prickelte es, meine Möse pulsierte heftig, erregte Schauer schossen mir durch die Glieder und ließen mich ganz schwach werden. Ich war kurz davor zu kommen und rieb meine Klit immer heftiger und schneller. Vielleicht bekam er mit, dass ich vor dem Höhepunkt stand, denn wenige Sekunden bevor mir die Flutwelle eines mächtigen Orgasmus endlich Erleichterung verschaffen konnte, schnappte er sich die Hand zwischen meinen Schenkeln und riss sie weg. Ich keuchte mit weit aufgerissenen Augen, als er meine Hand auf seinen prächtigen Schwanz legte. Kaum schlossen sich meine Finger um die warme Haut, vernahm ich ein leises Stöhnen, das im Dröhnen der Flugzeugdüsen fast unterging. Im nächsten

Moment stieß er meine Hand weg, genauso schnell und überraschend, wie er sie ergriffen hatte, zog den Reißverschluss hoch, wandte sich von mir ab, stand auf und verließ seinen Platz.

Ich kapierte gar nichts mehr. Verärgert und verwirrt versuchte ich, einen klaren Gedanken zu fassen, während mein Körper vor Begierde zitterte. War ihm aus irgendeinem Grund die Lust vergangen? Hatte ich ihn falsch angefasst? Ich war mir so sicher gewesen, dass ich gleich seine Finger auf meiner Klit spüren würde, aber vielleicht hatte ich die Situation falsch eingeschätzt. Die Enttäuschung stand mir wahrscheinlich ins Gesicht geschrieben, denn er zwinkerte mir zu und nickte in Richtung Toilette. Mit einem Mal begriff ich, was er vorhatte. Eine neuerliche Welle der Erregung erfasste mich, als ich ihn in der schmalen Tür verschwinden sah. Gegen die WC-Beleuchtung war seine hochgewachsene, schlanke Silhouette deutlich zu erkennen, sein Körper blockierte fast die ganze Öffnung. Er war groß für den beengten Raum. Wir würden uns sehr, sehr nahe kommen.

Ich konnte ihm nicht sofort folgen, sondern wartete ein paar Minuten, während sich die Stewardess um einen Passagier vor mir kümmerte. Die ganze Zeit über strich ich mir über die Möse, ich konnte einfach die Finger nicht von meiner Klit lassen. Ich war noch nie in meinem Leben so feucht gewesen. Ständig stellte ich mir sein wettergegerbtes Gesicht vor mit dem weichen, einladenden Mund, den ich in wenigen Augenblicken endlich küssen würde.

Schließlich wurde die Stewardess zu einem weiter hinten in der ersten Klasse sitzenden Passagier gerufen, der noch einen Kaffee wollte. Ich zog nicht mal meine Schuhe wieder an, schlüpfte aus der Sitzreihe und ging in Strümpfen zur

Toilette, wo ich leise klopfte. Die Tür glitt zur Seite, und ein starker Arm zog mich hinein. Er stand da, die Hose bauschte sich um seine Knöchel, sein Hemd war offen, während die Krawatte noch lose um seinen Hals gebunden war. Unter seinem atemberaubenden Waschbrettbauch ragte ein wundervoller Schwanz auf. Eine einzelne dicke Ader zog sich die ganze Länge entlang und pulsierte heftig. Er zog mich an sich und gab mir einen Kuss, der sanft war und einfühlsam, doch gleichzeitig ungeduldig und drängend. Dabei presste er sich an mich und drückte seinen Schwanz gegen meinen Unterleib. Mein Körper schmolz förmlich unter seinen Berührungen, und als er sich auf die Toilettenbrille setzte, ließ ich mich nur zu gerne zu ihm ziehen. Ein paar Sekunden lang schauten wir uns direkt in die Augen, während sich unsere Körper berührten. Er schob mir das Höschen über die Hüften und meine Beine hinunter. Die kalte Luft der Flugzeugkabine traf auf meine glühend heißen Pobacken, auf meine nackten Schenkel, auf meine Möse. Es war unglaublich erregend.

Ich spreizte meine Beine, so dass ich direkt über seinem Schoß zu stehen kam, und zog meinen Rock hoch, damit er meine Möse sehen konnte. Ich wollte, dass er mitbekam, wie ungeheuer feucht und erregt ich seinetwegen war. Er legte die Hand flach auf meine Schamlippen. Sicher konnte er spüren, wie sehr das Blut in ihnen pochte und pulsierte. Mit der anderen Hand griff er nach meinen Titten und massierte sie sanft. Meine Nippel waren schon steif, doch jetzt richteten sie sich noch mehr auf und verfärbten sich dunkelrosa wie Himbeeren.

Ich ließ mich auf die bebende Spitze seines Schwanzes sinken und wartete ein paar Momente, während die runde Eichel meine Feuchte berührte. Eigentlich hatte ich eine

Weile so verharren wollen, um ihn und mich noch mehr aufzugeilen, doch ich schaffte es nicht. Ich musste ihn jetzt und sofort in mir spüren. Keine Sekunde mehr konnte ich es erwarten, bis sein Schwanz in mir war. Ich setzte mich auf ihn, so dass sein dicker, harter Ständer meine Schamlippen auseinanderdrückte, mich öffnete, in mich eindrang, meine Möse bis zum Anschlag füllte und mir das gab, was ich schon die ganze Zeit gewollt hatte. Ich drückte meine Möse gegen seinen Schwanz und ließ mich mit meinem ganzen Gewicht auf ihn fallen, so dass er vollständig in mir verschwand. Ich wollte das Gefühl der ersten Penetration noch einmal spüren, deshalb erhob ich mich gleich wieder, bis sein Schwanz fast aus mir herausglitt. Im nächsten Moment ließ ich mich rasch und schwer wieder auf ihn niedersinken. Jedes Mal, wenn ich mich nach unten drückte, kam mir sein Ständer noch größer vor, und es fühlte sich noch voller, noch geiler an. Mit jedem Mal kam ich meinem Orgasmus ein Stückchen näher.

Damit ich nicht das Gleichgewicht verlor, stützte ich mich mit beiden Händen an den Wänden der Zelle ab, und von der Anstrengung, meinen Körper auf so engem Raum in dieser Position zu halten, zitterten mir Arme und Beine. Noch Tage später würde ich davon einen wundervoll schmerzhaften Muskelkater spüren, doch im Moment konnte ich nur an sein Gesicht wenige Zentimeter vor mir denken, und an seinen Schwanz, der sich heiß und hart und groß und mächtig in mir bewegte. Es fühlte sich so gut an wie nichts sonst auf der Welt.

Ich legte ihm eine Hand auf die Schulter und hielt mich daran fest, dabei gruben sich meine verkrampften Finger in seine harten Muskeln. Meine andere Hand hinterließ einen schweißigen Abdruck auf der Spiegelwand. Mein eigenes Spiegelbild war vage und unscharf, verwischt durch unsere schnellen Bewegungen.

Mit beiden Händen knetete und schlug er leicht auf meine Pobacken, dann packte er mich an den Hüften und drückte mich immer wieder hinunter auf seinen Schwanz. Meine Titten waren direkt vor seinem Gesicht. Er nippte durch den Blusenstoff hindurch mit den Lippen leicht an meinen Brüsten. Zuerst waren es nur ganz zärtliche Bisse, dann biss er immer fester und wilder zu, was mich nur noch mehr erregte.

Da ertönte die Stimme der Stewardess durch den Lautsprecher. »In fünf Minuten beginnen wir mit dem Landeanflug«, verkündete sie. »Der Kapitän hat das ›Bitte anschnallen‹-Signal eingeschaltet. Wir bitten alle Passagiere, zu ihren Plätzen zurückzukehren und umgehend die Sicherheitsgurte anzulegen.« Uns blieb keine Zeit mehr, gegenseitig unsere Körper zu erkunden: Wenn wir in der Toilette blieben, würde die Stewardess gleich an die Tür klopfen und uns beide entdecken. Die Fluglinien haben nicht gerade eine hohe Meinung von Passagieren, die es auf eine Mitgliedschaft im Mile High Club abgesehen haben. Jetzt oder nie, hieß das, und die Zeitnot machte die ganze Sache nur noch geiler. Ich wand mich auf ihm und presste meine Klit gegen sein Schambein, während er seinen Ständer mit solcher Gewalt in mich hineinrammte, dass ich dachte, ich müsste explodieren. Ich legte meinen Kopf an seine Brust und atmete seinen frischen, männlichen Geruch ein, der überall um mich war. Dabei rieb ich mich heftig an seinem Körper, bis die erregte Spannung in meiner Klit endlich in ein wollüstiges Zittern übersprang, das sich wellenartig vom Zentrum zwischen meinen Schenkeln in meinem ganzen Körper ausbreitete. Sein Schwanz war tief in mir, als ich kam, und meine Möse zog sich zusammen und presste seinen Orgasmus förmlich aus ihm heraus. Beim Loslassen konnte ich seinen Schweiß und den Geruch von Sperma riechen, als er sich in mich ergoss. Mit einem letzten Schaudern ebbte mein Orgasmus ab. Ihm hämmerte das Herz in der Brust, doch wir hatten keine Zeit, uns zu erholen. Er wurde ernst und geschäftsmäßig und küsste mich noch einmal, dann wischte er mir die Möse mit einem Papierhandtuch ab, zog mir den Rock über die Hüften, strich mir übers Haar und stieß mich dann mit einem letzten Klaps auf den Po hinaus in den engen Gang, wo ich mich blinzelnd im Dämmerlicht wiederfand.

Es war nicht einfach, nach einem so intensiven Fick geradeaus zu gehen. Ich hatte kaum die Schuhe übergestreift und überprüfte gerade mein Make-up, da glitt er auf den Platz neben mir. Als kurz vor der Landung das Licht wieder ausgeschaltet wurde, beugte er sich zu mir und gab mir einen letzten, langen Kuss, der mich förmlich zerfließen ließ. Es war sein Abschiedskuss, eine finale Geste, mit der er einen Strich unter diese einzigartige, unwiederholbare Begegnung zog. Beim Aussteigen blickte er sich nicht mehr nach mir um, und weil er nur eine Aktentasche bei sich hatte, sah ich ihn auch an der Gepäckausgabe nicht mehr. Erst am Taxistand, wo ich auf das nächste Taxi wartete, entdeckte ich ihn noch einmal, als er in einer Limousine mit Chauffeur an mir vorbeibrauste. Er hatte mich nicht gesehen. *Da fährt der beste Fick meines Lebens,* dachte ich. *Und ich weiß noch nicht mal, wie er heißt.*

Das Geschäftstreffen war ein voller Erfolg. Der Sex im

Flugzeug hatte mir neues Selbstvertrauen geschenkt, und meine Präsentation verlief sehr gut. Völlig erledigt zog ich mich am Abend in meinem Hotelzimmer aus. Als ich aus dem Rock stieg, entdeckte ich in der Tasche seine Visitenkarte. Auf die Rückseite hatte er mit einem altmodischen Füllfederhalter in Tinte seine Handynummer und die Flugnummer und Abflugzeit seines Rückflugs nach Edinburgh geschrieben. Darunter stand: »Lust auf ein Upgrade?«

Ich griff nach meinem Handy und wählte die Nummer. Das ist das Problem mit der ersten Klasse. Ist man erst einmal auf den Geschmack gekommen, kann man nie wieder zurück.

Ménage à trois

In den schmalen Seitensträßchen von Paris liegt Sex in der Luft und eine rauchige, nächtliche Erotik, wie man sie sonst in keiner Stadt findet. Es stimmt schon, die Pariser sind die besseren Liebhaber. Und wie die Verfasserin der folgenden Geschichte, eine Schriftstellerin, mir anvertraute, haben sie immer eine richtig gute Show zu bieten – selbst dann, wenn ihnen nicht bewusst ist, dass jemand sie beim Sex beobachtet.

Für die meisten Leute besteht Paris aus dem Eiffelturm und den Champs-Élysées, doch nicht für mich. Mir war der anrüchige, in die Jahre gekommene Glamour der Seitenstraßen schon immer lieber als die glatten, aufgemotzten Gegenden, wo sich die Touristen herumtreiben. Ich liebe die kleinen Cafés abseits der belebten Straßen und die baufälligen Apartmentgebäude mit ihrem dekadenten, bröckelnden *Fin-de-Siècle*-Charme. Es existiert eine ganz eigene Romantik in diesen Künstlervierteln, in denen alles da ist, was ich sexy finde: süffiger Rotwein, kratzige, nuttige Unterwäsche mit lächerlich viel Spitzenbesatz, Männer, die man nie ohne ein Buch in der Hand antrifft.

Doch das Apartment, in dem ich in Paris wohnte, übertraf an schäbiger, heruntergekommener Dekadenz alles, was ich bisher gesehen hatte. Ich verliebte mich auf den ersten Blick in das Gebäude, ein hohes Jugendstilhaus aus dem neunzehnten Jahrhundert mit breiten Fenstern, an denen sich die Balkone wie Muscheln von der Fassade wölbten. Das Innere beherbergte zehn recht unterschiedlich geschnittene Einzimmer-Apartments. Andere Mieter hätten sich vielleicht an der fleckigen Tapete gestört, die sich an manchen Stellen bereits vor der Wand löste, oder an dem Kronleuchter, aus dem die elektrischen Leitungen ungeschützt herausragten, doch mir machte das nichts aus. Seit meiner Jugend wollte ich Schriftstellerin werden und in einer Mansarde in Paris wohnen. Als mich Madame Philippe die knarrende Treppe hoch in meine Dachstube führte, summte ich vor Freude leise vor mich hin. Mein Traum ging in Erfüllung. Sie zeigte mir das Zimmer, und es gefiel mir sofort. Ein schmiedeeisernes, breites Bett stand in der Mitte, und ein halbblinder Spiegel im Stil Ludwig XIV. bedeckte fast die gesamte Länge der gegenüberliegenden Wand. Ein alter Eichenschreibtisch stand am Fenster, von dem aus man über die glitzernden Lichter des Quartier Latin blickte. Es war, so dachte ich, der perfekte Ort, um mein neues Buch zu schreiben.

Ich hängte meine wenigen Kleider in den alten Schrank, stellte den Laptop auf den Schreibtisch, rief meine E-Mails ab und formulierte ein paar Notizen über die Umgebung. Ein kleines Glas Merlot war das Einzige, was ich mir an diesem Abend gönnte. Ich war erschöpft von der Fahrt von England nach Paris, die ich mit dem Eurostar und der Metro zurückgelegt hatte, und ging bald schlafen. Das Bett war alt, und die Federn quietschten laut, als ich mich in der Nacht herumwälzte, doch das Bettzeug, das mir Madame Philippe gegeben hatte, war aus reinem weißen Leinen und verbreitete den beruhigenden Duft von französischem Lavendel. Ich schlüpfte in mein Lieblings-Négligé, nahm noch ein paar Momente lang die Stimmen in den Apartements neben und unter mir wahr und die Musik, die von der Straße nach oben drang. Dann war ich auch schon eingeschlafen.

Ungefähr um vier Uhr morgens wurde ich kurz wach, weil es stark nach Zigarettenrauch roch. Rasch setzte ich mich auf, wobei meine Brüste aus dem Négligé glitten. Ich rümpfte die Nase und überlegte kurz, ob ich aufstehen und mich beschweren sollte. Doch ich war so müde, dass ich fast sofort wieder einschlief. Der Geruch folgte mir in meine Träume, in denen Rauchwolken aufstiegen und geheimnisvolle, fremdländische Stimmen Laute von sich gaben wie zwei Menschen, die außergewöhnlich guten Sex hatten. Am Morgen war ich feucht zwischen den Schenkeln, und meinen Fingern haftete ein süßlicher Geruch an – anscheinend hatte ich mich im Schlaf berührt.

Am nächsten Tag erkundete ich die Gegend, trieb mich auf Flohmärkten herum und kaufte Brot, Käse und Wein ein. In meinem Haus klopfte ich an die Türen der Apartments meiner Nachbarn und stellte mich vor. Fast überall wohnten freundliche Künstlertypen. Ich lernte alle kennen bis auf die Mieter, die direkt unter mir wohnten. Niemand im Haus schien sich sicher zu sein, wer eigentlich in dem Apartment lebte. Ich aß in einem Café zu Mittag und ging dann heim, um zu schreiben.

In der nächsten Nacht weckte mich wieder der beißende Geruch nach Zigarettenrauch. Dieses Mal konnte ich nicht so leicht wieder einschlafen. Ich knipste die Lampe auf dem

Nachttisch an und ging auf Zehenspitzen hinaus in den Gang. Da war nichts zu sehen. Aber ich hörte Stimmen, die eines Mannes und einer Frau. Eine Weile lang ging ich in meinem Zimmer auf und ab, dann bemerkte ich es: Durch einen winzigen Spalt zwischen den Dielen schlängelte sich am Rand des Teppichs unter meinem Bett grauer Rauch hoch. Der Boden hatte ein Loch. Zigarettenrauch macht mir nichts aus, im Gegenteil, ich finde, Rauchen belebt die Atmosphäre in manchen Bars und Cafés. Aber ich möchte nicht, dass Zigarettenrauch in meinen Kleidern und im Bettzeug hängt. Ich kniete mich auf den fadenscheinigen Teppich und schlug den Rand zurück. Nicht nur Rauch, sondern auch ein breiter Lichtstrahl drang vom unteren Zimmer zu mir hoch. Besonders begeistert war ich nicht über die Entdeckung. Ohne den Lärmschutz durch den Teppich konnte ich die Stimmen noch deutlicher hören – das Paar unter mir murmelte leise und eindringlich. Ich konnte meine Neugier nicht zügeln, drückte das Gesicht gegen den Spalt zwischen den Dielen und spähte in das Zimmer.

Was ich sah, verschlug mir die Sprache. Die Stimmen gehörten wirklich zu einem Mann und einer Frau, die beide unglaublich schön waren – und sie vögelten auf einem Bett vielleicht drei Meter unterhalb der Stelle, wo ich auf meinem Dielenboden kauerte. Ich hätte nicht sofort sagen können, welche Glieder die seinen und welche die ihren waren, aber auch wenn ich anfangs noch Skrupel hatte, was ihre Privatsphäre betraf, wollte ich doch unbedingt herausbekommen, welcher Arm und Fuß zu welcher Person gehörte. Sie hatten beide dunkles Haar und leicht gebräunte Körper, beide wirkten sportlich und waren nicht besonders groß. Zusammen bewegten sie sich so schnell, dass die Szene wirkte, als würde ich in eine Grube mit sich windenden Schlangen blicken.

Während ich noch zuschaute, lösten sie sich aus ihrer Umarmung, und die Frau setzte sich auf die Knie, um ihrem Liebhaber einen zu blasen. Ihr netter, kleiner Arsch ragte in die Höhe, und zwischen ihren gespreizten Beinen war ein dunkles Büschel sauber geschnittenes, glänzendes Schamhaar und ein glitzernder Ausschnitt einer rosabraunen Muschi zu sehen. Der Mann lag auf dem Rücken. Sein Schwanz war dunkler als der Rest seines Körpers und erstaunlich groß für einen so kleinen Mann. Er ragte gerade in die Höhe und besaß eine federnde Spannkraft, wie es nur bei jungen Männern der Fall war. Ihre Lippen um seinen Schwanz machten saugende Laute, und er reagierte mit lustvollem Stöhnen. Die Geräusche waren fast genauso erregend wie das Schauspiel, das die beiden mir boten. War ich vor fünfzehn Sekunden noch leicht genervt über den Rauch gewesen, so war ich jetzt unglaublich erregt von dem Liebesspiel der beiden Fremden.

Ich konnte nicht anders, ich musste mich einfach berühren. Zuerst fuhr ich über den Seidenstoff des Négligés, der meine Nippel verbarg, und war überrascht und sehr angetan davon, wie schnell die beiden Brustwarzen so steif geworden waren. Ich schob mir die dünnen Spaghettiträger von den Schultern, so dass erst die eine, dann die andere Brust aus dem Négligé rutschte und über den Boden streifte. Als sie die kalten Dielenbretter berührten, zogen sich meine Nippel noch stärker zusammen. Keine Berührung von einem Lover hatte je etwas so Erregendes in mir ausgelöst. Ich lag mit dem Gesicht am Boden, mein Po ragte in die Luft. Automatisch ließ ich die Finger zwischen meine Schenkel gleiten und legte die Handfläche flach auf meine Möse. Meine warme, trockene Hand drückte gegen die pulsierende Feuchte. Ich steckte vier Finger in mich hinein, und meine Möse umschloss sie mit einem befriedigten Zucken.

Auf dem Bett unter mir nahmen die Dinge ihren Lauf. Er stieß seinen Schwanz noch tiefer in ihren Mund und kam, wobei ein Ausdruck lustvoller Ekstase über sein Gesicht glitt. Sie ließ den Schwanz aus ihrem Mund gleiten, doch ein dünner silbriger Faden aus Sperma und Speichel zog sich von ihren Lippen bis zu seiner Eichel, der die Liebenden noch für ein, zwei Augenblicke verband, ehe er abriss. Es konnte keinen Zweifel daran geben, dass nun er auch sie befriedigen würde, und sie legte sich auf die zerwühlten Kissen und streckte und räkelte sich geschmeidig wie ein Kätzchen. Ihr Körper war zierlich und beweglich wie der eines jungen Mädchens, doch ihre souveräne, selbstsichere Art verriet, dass sie sehr wohl eine erwachsene Frau war. Ihr dunkles auffallendes Make-up war durch das Liebesspiel nur leicht verschmiert, und an ihren Ohrläppchen glitzerten winzige Diamantohrringe. Als der Mann sich zwischen ihre Schenkel kniete, stöhnte sie laut auf vor Lust. Er drückte ihre Beine weit auseinander und stürzte sich mit einer so hungrigen Leidenschaft auf ihre Möse, als hätte er seit Jahren keinen Sex gehabt. Trotz des drastischen Make-ups wurden ihre Züge weich, als sie unter seiner Zunge vor Erregung förmlich zerfloss. Schauer liefen durch ihren bebenden Körper, und ich konnte den Blick nicht von ihren kleinen, festen Titten nehmen. Sie waren so aufgeilend anders als meine runden, hängenden Brüste. Ich drückte mich noch fester gegen den harten, unnachgiebigen Boden und rutschte leise und rhythmisch vor und zurück. Der Anblick auf dem Bett löste Empfindungen in mir aus, die erregender waren als alles, was ich bisher gespürt und gesehen hatte. Ein weiches Rosa färbte die Wangen und die Brust der Frau, ihre hellbraune Haut erschien wärmer dadurch. Als ich sah, dass sie gleich kommen würde, drückte ich rasch den Daumen auf meine Klitoris. Ein paar Sekunden später explodierte ich, doch mir kam dabei kein Ton über die Lippen, während die Frau unten lautstark ihre Lust herausschrie.

Befriedigt und vollkommen erschöpft kroch ich zurück in mein Bett und hörte beim Einschlafen ihre Stimmen und Jazzmusik. Der Mann hatte eine Schallplatte auf einem alten Plattenspieler aufgelegt. Gelegentlich drang der Geruch von Zigaretten zu mir hoch, doch jetzt, da ich wusste, was der Rauch bedeutete, machte er mir überhaupt nichts mehr aus.

In der folgenden Nacht schlief ich unruhig und wachte immer wieder auf. Halb wartete ich darauf, dass der Rauch mich wieder zu dem Spalt im Boden lockte. Als mir der würzige Geruch endlich in die Nase stieg, war ich mit einem Satz aus dem Bett. Das Négligé zog ich diesmal sofort aus, damit nichts mehr zwischen meiner Haut und den Bodenbrettern meines Apartments war, wenn ich mich an dem harten Holz rieb. Ich legte mich hin. Auf den mit Wachs behandelten Dielen fühlten sich meine Beine kalt und knochig an, während der alte Teppich mich am Oberkörper kitzelte und antörnte. In der Hand hielt ich eine Halbliterflasche Wein, die ich im Laufe des Tages geleert hatte. Ich wollte etwas in mir spüren, wenn ich mit meiner Klit spielte, und die Flasche kam mir dafür als Dildo gerade recht. Im Zimmer unter mir lagen die beiden Liebenden eng umschlungen und küssten sich. Von der Voyeurin über ihnen ahnten sie nichts. Als die Frau die Beine spreizte, sah ich seinen Schwanz, der immer wieder in ihre kleine dunkle Muschi glitt. Ich hatte die Finger schon in mir und fickte den Boden, ich stieß die Hüften nach vorn, so dass meine Fingerknöchel hart gegen meine Klit gepresst wurden. Mit meinem gesamten Körpergewicht fickte ich meine Hand. Als die beiden unter mir sich immer leidenschaftlicher liebten, rieb auch ich meine Klit immer heftiger, und in der letzten Minute schob ich mir die Weinflasche in die Möse. Der kalte, schlüpfrige Flaschenhals füllte mich vollkommen aus. Und doch war es wieder der antörnende Anblick der beiden, als sie von mächtigen Orgasmen geschüttelt wurden, der mich letztendlich zum Höhepunkt brachte. Meine Möse krampfte sich um das kühle, glatte Glas und pulsierte in zuckenden Entladungen, die sich so gut anfühlten, dass es fast weh tat. Erst danach fiel ich endlich in einen tiefen, traumlosen Schlaf.

Als ich gegen Mittag aufstand, ging ich davon aus, dass die beiden noch eng aneinandergeschmiegt schlafen würden. Doch sie waren nicht mehr da. Tagsüber bekam ich sie nie zu Gesicht, wenn ich durch den Spalt im Boden nach unten spähte. Sie schienen in einer Welt intensiver Leidenschaften zu existieren, die sich auf das Zimmer unter mir beschränkte, und in der es zwischen Mitternacht und fünf Uhr morgens nichts gab außer sie beide. Wer waren sie? Wie verbrachten sie die übrigen Stunden ihres Lebens, wenn sie sich nicht in diesem kleinen, schäbigen Zimmer liebten?

An diesem Tag schrieb ich unentwegt und tippte Tausende von Worten in den Laptop. Es wurden einige der besten Szenen und Passagen, die ich je geschrieben habe. Ich hatte mich schwergetan mit einigen Figuren in meinem Roman, aber nach der Privatvorstellung der vorherigen Nacht und dem ausgiebigen und erholsamen Schlaf danach kamen sie plötzlich zum Leben, und die Sätze flossen nur so aus mir heraus. Die Geschichte bekam eine etwas erotischere Färbung, als es für gewöhnlich mein Stil war, aber mein mitternächtliches Liebespaar hatte mich inspiriert. Bis spät in die Nacht hinein schrieb ich am Laptop und verließ das Apartment erst gegen elf. In einem kleinen Bistro aß ich ein Steak und bestellte Rotwein dazu. Als ich zurückkam, sah ich Licht unter ihrer Tür.

Inzwischen törnte mich schon der Geruch von Gitanes hoffnungslos an. Kaum roch ich den ersten feinen Hauch von Zigarettenrauch, lag ich schon wieder auf dem Boden. Heute Nacht lagen sie beide auf dem Rücken und berührten sich gegenseitig zwischen den Schenkeln. Sie hatte die Faust um seinen Schwanz gelegt und befriedigte ihn mit schnellen und kraftvollen Bewegungen. Er dagegen streichelte ihre Klitoris und Möse langsam und zärtlich. Fast war es so, als würden die beiden nur für mich eine Vorstellung geben, doch sie konnten ja nicht wissen, dass sie beobachtet wurden. Oder doch? Mein Schambein schmerzte noch von der letzten Nacht, von meinen leidenschaftlichen Stößen gegen den Boden. Deshalb klemmte ich mir heute ein Kissen zwischen die Beine und schaukelte mich in einen langsamen, genüsslichen Orgasmus hoch. Nicht ohne Ironie ging mir durch den Kopf, dass diese Nachbarn, die ich nur nachts sah, mir weitaus intensivere und öfter einen Orgasmus bescherten als alle meine verliebten und aufmerksamen Exfreunde. Ich hatte die bisher befriedigendste sexuelle Beziehung meines Lebens, und zwar mit einem Paar, das ich nicht kannte und das nichts davon wusste, was oberhalb ihres Betts abging. Doch zumindest für mich funktionierte unsere seltsame Ménage à trois.

Am nächsten Abend ging ich erst gar nicht ins Bett, sondern wartete darauf, dass sie endlich ihr Apartment betraten. Ich vertrieb mir die Zeit mit Schreiben, aber ich konnte mich kaum darauf konzentrieren. Die ganze Zeit horchte ich erwartungsvoll auf das Geräusch eines Schlüssels in der Tür unter mir. Alle paar Minuten atmete ich tief ein, in der Hoffnung, dass endlich eine Spur von Zigarettenrauch in der Luft lag. Doch ich konnte nur den Rosenduft meines eigenen Parfüms riechen. Ich schlief am Schreibtisch sitzend ein und wachte erst um zwei Uhr morgens wieder auf, weil unter mir Kichern und Schritte zu hören waren. Erst dann, als der herbe Duft nach Zigaretten schon durch den Spalt in mein Zimmer drang, wurde mir klar, dass sie endlich gekommen waren.

Ich schlug den Teppich zurück und konnte sie beide sehen. Sie zogen sich gegenseitig aus, mehr und mehr gebräunte Haut wurde freigelegt. Bisher waren sie immer schon nackt gewesen, wenn ich durch den Spalt geschaut hatte. Wie sie sich nun bewusst langsam die Kleider vom Leib streiften, war für mich sogar noch erotischer als meine heimlichen, ersten Blicke auf ihre nackte Haut. Sie trug elegante einfarbige Unterwäsche unter einem scharlachroten Etuikleid; er war nackt unter dem weißen Hemd und der schwarzen Hose. Ich nahm an, dass er irgendwo als Kellner arbeitete, aber ihre Kleider gaben keinen Hinweis auf ihr Leben außerhalb des Zimmers. Da war nur der schmale goldene Ring an ihrer rechten Hand, den sie abstreifte und auf den Nachttisch legte. Er trug keinen Ring … und da wurde mir mit einem Mal klar, dass die beiden eine Affäre hatten, von der niemand etwas wissen durfte, und dass die beiden das Apartment nur für ihre geheimen, gefährlichen Liebesnächte angemietet hatten.

Dieses Mal liebten sie sich zärtlicher und verzichteten auf ungewöhnliche Stellungen. Er lag auf ihr und küsste sie liebevoll. Sein straffer, durchtrainierter Po und die Muskeln in seinem Rücken spannten sich an, als er sich auf die Ellbogen stützte. Ich konnte erkennen, wie sich der V-förmige Muskel am unteren Ende seiner Wirbelsäule lustvoll zusammenzog, als er in sie eindrang. Ihre schmalen Fersen gruben sich in seine Unterschenkel, und ihre Nägel bohrten sich in seinen Po, den sie fest umklammert hielt, damit er tiefer und immer tiefer in sie stieß. Ich war auf allen vieren und streichelte mit dem Zeigefinger heftig meine Klitoris, während ich mit dem Mittelfinger den Eingang meiner Möse traktierte, so dass sie vor Feuchtigkeit fast tropfte. Inzwischen kannte ich ihren Rhythmus so gut, dass ich genau wusste, wann die Frau kurz vor dem Höhepunkt stand. Und dann kam sie auch schon mit einem zurückhaltenden Stöhnen, doch das heiße Glühen in ihrem Gesicht verriet ihre wahre Leidenschaft. Von ihm war ein tiefes, raues Ächzen zu hören, und ich nahm meine Klit zwischen Daumen und Zeigefinger und kniff sie ein klein wenig, um mich selbst zum Orgasmus zu bringen. Ich kam, und genau in diesem Moment wandte die Frau ihr wundervolles Gesicht zur Decke und blickte mir direkt in die Augen. Mein Höhepunkt war so intensiv, dass meine Beine unter mir nachgaben, und ich mich nicht mehr aufrecht halten konnte. Mit einem lauten Poltern krachte ich mit dem vollen Gewicht meines Oberkörpers zu Boden. Ihr entsetzter Gesichtsausdruck ließ keinen Zweifel daran, dass sie das Geräusch gehört hatte. Ich glaube nicht, dass sie mich durch den schmalen Spalt sehen konnte, aber sie wusste, dass sie beobachtet wurden. Sie wusste, dass jemand ihr Geheimnis kannte. Schnell zog ich den Teppich über den Spalt, kroch ins Bett und hoffte inständig, dass sie nicht hochkam, an meine Tür klopfte und wissen wollte, warum ich ihr und ihrem wunderschönen Lover nachspionierte.

Ich war nicht wirklich überrascht, dass sie nie wieder in das Apartment unter mir kamen. Ein paar Abende später stopfte ich Zeitungspapier in den Spalt.

Es dauerte keine Woche, da fand ich meinen eigenen Pariser Kellner, der mehr als willens war, zusammen mit mir die Bettfedern meines alten Betts zum Quietschen zu bringen. Wir blieben zusammen, bis ich Frankreich wieder verließ. Doch die Erinnerungen an die Körper des Liebespaars und an alles, was sie miteinander getrieben hatten, speisten noch jahrelang meine sexuellen Phantasien. Ich bin mir sicher, dass diese erotische Inspiration der Grund war, warum mein letzter Roman sich so gut verkaufte. Das Buch selbst habe ich den beiden gewidmet, auch wenn ich ihre Namen nie erfahren habe.

Mein bester schwuler Freund (und sein Freund)

Was kann es Besseres geben, als wenn ein toll aussehender, charmanter Mann dich unbedingt haben will? Zwei tolle Männer, die dich voller Leidenschaft begehren – das ist noch besser. Als sich ihr bester schwuler Freund Rick zum ersten Mal ernsthaft verliebte, hatte Kyra Angst, dass die neue Liebe ihre Freundschaft gefährden könnte. Nie im Leben hätte sie erwartet, dass sie drei sich einmal so nahekommen würden, wie es sonst nur Lover tun.

Darauf stehe ich total: in einen Club oder eine Bar reingehen oder vielleicht einfach die Straße runter, mit einem super aussehenden Typen am Arm. Die anderen Mädels sind eifersüchtig, die Jungs eingeschüchtert. Wenn Rick und ich zusammen ausgehen, drehen sich alle nach uns um. Wir geben das perfekte Paar ab: Ich bin blond, er dunkelhaarig, ich bin schlank mit Kurven an all den richtigen Stellen, während er klassisch gebaut ist, breite Schultern, schmale Hüften. Er ist groß und sieht extrem gut aus, mir fallen die blonden Haare lang über die Schultern. Seinem treffsicheren, extravaganten Geschmack, was Klamotten betrifft, und meiner Vorliebe für knapp sitzende Miniröcke haben wir es zu verdanken, dass uns immer etliche neidische Blicke verfolgen.

Wir sind das perfekte Paar, und wir stehen beide total darauf. Na, wozu hat man schließlich einen besten schwulen Freund, wenn man nicht mit ihm ausgehen und ein bisschen angeben kann?

Rick und ich sind seit vier Jahren befreundet, wir haben uns in der ersten Woche an der Uni kennengelernt. Als ich ihn damals in seinem engen weißen T-Shirt und den knackigen Jeans dastehen sah, war mein erster Gedanke: *Wer ist dieser blendend aussehende Junge, und wie kriege ich ihn ins Bett?* Ich warf noch einen anerkennenden Blick auf seine kräftigen, muskulösen Oberschenkel, dann ging ich schnurstracks auf ihn zu und sprach ihn an. Nach fünf Minuten war klar, dass ich nicht sein Typ war. Ein paar Minuten später fragte er mich, ob ich den süßen schwarzen Jungen auf der anderen Seite des Hörsaals kennen würde und ob der noch zu haben sei. Da fiel bei mir der Groschen. Aber wir verstanden uns auf Anhieb wahnsinnig gut. Ich wusste schon damals, dass wir Freunde fürs Leben werden würden. Während des ganzen Studiums wohnten wir zusammen in einer Zweier-WG und hatten beide im Lauf der Jahre immer wieder Beziehungen mit Männern. Doch die wirklich wichtige emotionale Verbindung gab es nur zwischen uns. Wir witzelten schon, dass, wenn keiner von uns mit fünfunddreißig den Mann fürs Leben gefunden hatte, wir beide eben heiraten mussten.

Letzten Sommer hatte Rick schließlich doch einen gefunden, mit dem es ihm ernst war. Zu diesem Zeitpunkt war ich nach London gezogen, und Rick lebte in Brighton. Ich erinnere mich noch gut an Ricks Anruf, als er mir sagte, da gäbe es jemanden, den ich unbedingt kennenlernen müsste. Ich war sofort fasziniert.

»Du wirst Sam lieben, Kyra«, sagte Rick, der kaum zu bremsen war vor Verliebtheit. »Er ist einfach toll, witzig, und er sieht super aus, und Gott, im Bett ist er der Hammer: Ich habe noch nie so genialen Sex gehabt. Also, wann kommst du, damit ihr euch endlich kennenlernt? Hast du am Wochenende schon was vor?«

Ich musste lachen und zog Rick noch damit auf, dass dieser Sam hoffentlich wirklich so toll war, wie er ihn beschrieb. Eine herrische, sich in alles einmischende, zukünftige Schwiegermutter war nichts gegen eine beste Freundin: Das Treffen mit *mir* war der wirkliche Härtetest. Aber trotz aller Witze und auch wenn ich mich wirklich freute, Wonder Boy endlich kennenzulernen – da war doch dieser kleine eifersüchtige Stich in meinem Herz. Ich dachte nicht weiter daran, denn natürlich würde Sam wundervoll sein. Und ich würde meinen besten schwulen Freund nicht an ihn verlieren, redete ich mir ein, sondern einen neuen Freund dazugewinnen.

»Ihr könnt ja schon mal planen. Ich will was Aufregendes erleben am Wochenende«, sagte ich. »Wir sehen uns am Freitag.«

Am Freitagabend holte mich ein ungewöhnlich nervöser Rick vom Bahnhof in Brighton ab, zusammen mit einem wahnsinnig gutaussehenden Mann, mit dem er Händchen hielt. Wie Rick war Sam groß und hatte Muskeln, als sei er gerade einem Actionfilm entsprungen. Doch vom Typ her ähnelte er mir: Sein heller Teint, die dunkelblonden Haare und die strahlend blauen Augen ließen eher auf skandinavische Vorfahren schließen.

»Wie schön, dass wir uns endlich kennenlernen«, meinte ich. Da war ein Glitzern in Sams Augen, das mir sofort ge-

fiel. Der Mann schien Humor zu haben und eine ange-
nehme, umgängliche Art, genau wie Rick.

»Das finde ich auch, Kyra«, erwiderte er und begrüßte
mich mit einem Küsschen auf die Wange. »Ich habe schon
so viel von dir gehört.« Feine Bartstoppeln kratzten über
meine weiche Haut, unwillkürlich lief mir ein Schauer über
den Rücken.

»Also«, sagte ich und hängte mich auf der einen Seite bei
Sam, auf der anderen bei Rick unter, als wir zu dritt in Richtung der Bars und Clubs am Ufer zuschlenderten, »wie sieht
der Plan fürs Wochenende aus? Welche wilden Abenteuer
habt ihr euch für mich ausgedacht?«

Doch an diesem Abend waren wir noch ganz brav. Wir
aßen in einem wundervollen kleinen italienischen Restaurant in *The Lanes* zu Abend, und erzählten, was seit dem
letzten Mal passiert war, seit ich Rick gesehen hatte. Stundenlang unterhielten wir uns bei Pizza und einer Flasche
Wein. Aus der einen Flasche wurden zwei, dann drei. Ein
sehr süßer Kellner bediente uns, der sogar den Anstand besaß, reihum mit uns allen dreien zu flirten. Es dauerte nicht
lange, und ich kam zu dem Schluss, dass Sam perfekt für
Rick war: Er war aufmerksam, witzig, und offensichtlich lag
ihm sehr viel an meinem Freund.

Außerdem konnte man die sexuelle Attraktion zwischen
den beiden mit Händen greifen. Wann immer sie dachten,
dass ich nicht hinschaute, küssten sie sich schnell, und auch
sonst konnten sie die Finger nicht voneinander lassen und
berührten sich ständig unter dem Tisch. Nach dem x-ten
Glas Wein stand ich auf und ging auf die Toilette. Als ich
mich auf dem Weg zurück unserem Tisch näherte, streichelte Sam gerade wie beiläufig Ricks harten Nippel. Ohne

Vorwarnung stand plötzlich in voller Schärfe das Bild der beiden beim Ficken vor mir: Ihre perfekten Körper glänzten vor Schweiß, die langen, muskulösen Beine waren ineinanderverschlungen. Der Anblick erregte mich so, dass ich vor Lust zitterte. Damit hatte ich nicht gerechnet. Doch wenn Rick und Sam sich so nahe waren und Zärtlichkeiten austauschten, fiel mir wieder ein, wie sexy ich Rick gefunden hatte, als ich ihn das erste Mal gesehen hatte. Während ich die beiden beobachtete, verstand ich plötzlich, was Männer an Lesbenpornos fanden. Etwas war ungeheuer erregend an diesen beiden Schwulen, die ich einfach nicht haben konnte. Denn mal ehrlich, welche Frau hat noch nicht heimlich davon geträumt, einmal mit einem klasse aussehenden Schwulen Sex zu haben? Allein schon die Vorstellung, als Frau eine solch überwältigende erotische Ausstrahlung zu besitzen, dass selbst ein Schwuler nicht widerstehen kann … Und vor mir saßen gleich *zwei* schwule Männer!

Ich riss mich zusammen und versuchte, das leise Pochen zwischen meinen Schenkeln einfach zu ignorieren. *Mach dich nicht lächerlich*, ermahnte ich mich, setzte mich wieder an den Tisch und goss mir noch ein Glas Rotwein ein. Heimlich gab ich dem Alkohol die Schuld an meinen verbotenen Gelüsten. Ich schüttelte den Kopf, schaute hoch und grinste meine beiden Jungs an.

»Prächtige Titten«, sagte Sam, und ich spürte, wie ich schlagartig rot wurde. »Bis heute hab ich nie recht verstanden, was an den Dingern dran sein soll. Aber, Süße, wenn ich mir jetzt so diese beiden Exemplare anschaue, wie sie so vorstehen und um Aufmerksamkeit betteln, da hätte ich fast Lust, sie auch mal anzufassen.«

Hoppla! Vielleicht war ich doch nicht die Einzige, die immer nur Sex im Kopf hatte. Rick und ich hatten uns schon immer gern im cleveren Schlagabtausch geübt, aber heute Abend ging es weit über anzügliche Tuntenwitze hinaus. Sam flirtete mit mir, da war ich sicher.

»Das wirst du schön sein lassen«, entgegnete Rick. »Ich bin schon seit Jahren mit diesen Titten befreundet. Wenn sie hier schon von einem begrabscht werden, der noch nie eine angefasst hat, dann habe ich ja wohl die älteren Rechte.«

An diesem Punkt gab es kein Halten mehr, wir kicherten alle drei los. Doch die Art, wie Sam mich anschaute, war absolut kein Witz, ihm gefielen meine Möpse wirklich. Ich spürte, wie meine Titten sich unter dem ärmellosen Top aufrichteten. Irgendwie war es mir peinlich, aber insgeheim törnte es mich wahnsinnig an. Ich trug keinen BH, und meine Nippel zeichneten sich deutlich unter dem eng anliegenden silberfarbenen Tank Top ab. Sam fuhr sich schnell und wie zufällig mit der Zunge über die Lippen. Rick beobachtete ihn dabei, und den Ausdruck in seinem Gesicht konnte man nur als *hungrig* bezeichnen. Wieder wurde ich rot. Eine so sexuell aufgeladene Atmosphäre war Neuland, für uns beide. Ich war scharf auf ihn und auf Sam, aber irgendwie fühlte es sich nicht richtig an. Oder vielleicht fühlte es sich ja richtig an und ich konnte mir nur nicht zugestehen, dass es okay war?

Kurz danach zahlten wir und gingen. Wir waren ziemlich angetrunken. Auf dem Heimweg entbrannte eine hitzige Diskussion darüber, ob der Kellner scharf auf mich gewesen war, auf Sam oder auf Rick. Ich war überzeugt, dass ein Mann, der so gut aussah und zudem noch wusste, wie man sich gut kleidete, auf keinen Fall hetero sein konnte. Rick dagegen bestand darauf, dass der Kellner hetero sein *musste*, denn er hatte ihn noch nie in einem der schwulen Clubs gesehen, und Rick kannte jeden Schwulen in Brighton.

»… und er hatte einen *prächtigen* Arsch. An den hätte ich mich auf jeden Fall erinnert, wenn ich den Kerl schon mal irgendwo gesehen hätte«, erklärte Rick.

»Na ja«, sagte Sam, »wäre ja auch möglich, dass er uns alle geil fand. Wir sehen schließlich alle drei unverschämt gut aus. Und überhaupt …« Er schien nüchtern zu werden und warf Rick beim Reden einen verschmitzten Blick zu. »Nicht jeder steht nur auf einen Typ und bleibt dann das ganze Leben dabei. Manche Menschen fahren auf Männer und Frauen ab. Manchmal sogar in derselben Nacht.«

Männer *und* Frauen? In derselben Nacht? In meinem Kopf ging alles drunter und drüber. Sollte das heißen, Sam war bi? Wusste mein geliebter Rick das? Hatte er ein Problem damit? Ich war total aufgeregt und ziemlich verwirrt. Und ganz egoistisch schoss mir die Frage durch den Kopf, ob Sam, wenn er denn auch auf Frauen stand, vielleicht mit *mir* schlafen wollte? Er hatte zwar gesagt, dass ich ihm gefiel, doch wahrscheinlich hatte er damit nur mein Aussehen gemeint, also rein ästhetisch und nicht sexuell. Oder? Und überhaupt, auch wenn er wirklich auf mich stehen sollte, dann änderte das ja nichts an der Tatsache, dass er für mich tabu war. Er war der Lover meines besten Freundes, und damit so unerreichbar wie der Mann im Mond.

Ich war in Gedanken noch ganz mit diesem Dilemma beschäftigt, rein hypothetisch natürlich, da waren wir schon bei Ricks Wohnung. Er wohnte in einem hübschen, ruhigen Apartmentgebäude mit Blick aufs Meer. Draußen blinkten die Lichter vom Kai am Horizont, Menschen lachten und schrien, für viele begann der Freitagabend erst jetzt.

Aber ich war müde und ziemlich überfordert von dem, was sich in der Pizzeria angebahnt hatte. Ich zog mich deshalb gleich zurück und legte mich in Ricks Gästezimmer ins Bett.

Die Jungs gingen noch nicht so früh schlafen. Durch die Wand hörte ich ihre leisen dunklen Stimmen, als sie sich unterhielten und lachten. Dann setzte irgendwann Stille ein, und ich wusste, dass sie sich in den Armen lagen und am ganzen Körper berührten. Die Spannung, die sich den ganzen Abend zwischen ihnen aufgebaut hatte, konnte endlich zur Explosion kommen. Ganz genau konnte ich mir vorstellen, wie sie sich langsam gegenseitig auszogen, enge T-Shirts über den Kopf streiften und Designerjeans von schon leicht schweißbedeckter, nackter Haut schoben. Dann würden sie ihre sonnengebräunten, muskulösen Oberkörper aneinanderschmiegen. Zum Spaß würden sie miteinander ringen, und ihre Schwänze würden dabei gegeneinander klatschen, und ihre Säcke gegen die Oberschenkel, wenn sie sich voller Leidenschaft so heftig küssten, dass Lippen und Zähne aufeinanderkrachten. Im Kopf spielte ich meinen Phantasiefilm ab von Rick und Sam beim Vögeln. Mir wurde heiß dabei, und die Vorstellung machte mich wahnsinnig an. Aus dem Nebenzimmer kam gedämpftes Ächzen und Stöhnen, und der Live-Soundtrack ließ meine Möse vor Geilheit anschwellen.

Es war schon komisch, aber in all den Jahren, die ich mit Rick zusammenlebte, hatte ich nie mitbekommen, ob er laut beim Sex war oder nicht. Wir hatten immer so viel Platz gehabt, dass wir mit unseren jeweiligen Freunden im eigenen Schlafzimmer anstellen konnten, was wir wollten, und der andere davon nie etwas mitbekam. Was ich jetzt belauschte, war ein ganz neuer Rick für mich, und die Töne, die er von sich gab, waren das Geilste, was ich je gehört hatte. Die Jungs wurden immer lauter und ich immer angetörnter, bis ich es nicht mehr aushielt und zu masturbieren begann. Mit den Fingern drückte ich die Schamlippen auseinander, so dass meine Klit frei lag. Ich streichelte sie sanft, vielleicht zehn Sekunden lang, dann kam ich so heftig, dass ich mir auf die Lippen beißen musste, um meine Lust nicht laut herauszuschreien. Ein warmer Orgasmus rollte in mehreren Wellen von der Klit durch meinen Körper und erlöste mich von der Spannung, die sich schon den ganzen Abend in mir aufgestaut hatte, seit dem Moment, als ich Sam am Bahnhof zum ersten Mal gesehen hatte.

Als der Orgasmus langsam abebbte und mein Atem und Pulsschlag sich wieder normalisierten, stand ich auf und tappte barfuß zum Fenster. Ich riss es auf und ließ den warmen Wind durch mein Haar streichen. Er brachte mich zurück auf den Boden der Tatsachen. Ich legte mich wieder ins Bett und atmete den salzigen Geruch des Meeres ein. Dann schloss ich die Augen. Rick und Sam vögelten noch immer. Ich dämmerte schon langsam weg, da kam mir der Gedanke, dass sie vielleicht absichtlich so laut waren und ich ihren Sex mitbekommen *sollte*. Vielleicht hatten sie – oder zumindest einer der beiden – es genau darauf angelegt.

Um neun Uhr weckte mich der Geruch von gebratenem Speck. Ich war gerührt. Rick hatte sich tatsächlich gemerkt, was ich am Wochenende am liebsten zum Frühstück aß – gebratenen Speck auf Weißbrot mit einer Unmenge von Ketchup. Ohne anzuklopfen, kam er in mein Zimmer und servierte mir das Sandwich und ein Glas Orangensaft auf einem Tablett.

»Frühstück im Bett für die Lady«, sagte er und stellte das Tablett mit einer ausladenden Geste auf die Bettdecke.

»Vielen Dank, Süßer.« Mit einem Mal wurde mir bewusst, dass ich nur mein Seidennachthemd anhatte, unter dem meine Brüste deutlich sichtbar waren. Und beim Anblick von Rick in nichts außer seiner strahlend weißen Badehose stellten sich meine Nippel schon wieder auf. Ich gab mir Mühe, nicht auf seine ausgeprägte Brustmuskulatur zu starren, nicht auf den kaum zu erkennenden Knutschfleck über seinem linken Nippel, und auch nicht auf seine kräftigen, muskulösen Oberschenkel oder die prallen Bizeps. Und schon gar nicht wagte ich, einen heimlichen Blick auf seinen Schwanz zu werfen, obwohl der Umriss klar zu erkennen war. Die Situation war verrückt. Rick und ich hatten uns schon tausendmal in Nachthemd und Badehose gesehen, aber jetzt, wo ich ihn beim Vögeln gehört hatte, und ich mir bei der Vorstellung, was er mit Sam im Bett trieb, einen Orgasmus verschafft hatte, kam es mir vor, als hätte ich eine unsichtbare Grenze überschritten, und wir beide könnten nicht wieder zurück. Vor allem aber war ich überzeugt, dass Rick ganz genau wusste, was vor sich ging, weil er irgendwie meine Gedanken lesen konnte.

Aber nach einer Dusche und einem Spaziergang am Strand, bei dem uns der Seewind die Spinnweben und Kater von der letzten Nacht aus den Köpfen blies, war alles wie früher. Es war ein herrlicher, heißer Tag, und wir lachten und rissen Witze, aber der dunkle, sexuell gefärbte Ton von den Gesprächen des gestrigen Abends war verschwunden. Als wir zu Mittag aßen, hatte ich meine sexuelle Phantasie von den beiden fast schon vergessen, erst am Nachmittag wurde ich wieder daran erinnert.

Ich weiß nicht, wer auf die Idee mit dem abkühlenden Bad im Meer kam – wahrscheinlich Sam. Die Jungs gingen zuerst hinein. Kaum sah ich sie zusammen im hüfthohen türkisfarbenen Meer stehen und das Salzwasser über ihre athletischen Oberkörper rinnen, da meldete sich das lüsterne Verlangen von letzter Nacht wieder. Ich beschloss, auch schwimmen zu gehen. Das Wasser kühlt dich ab, redete ich mir ein. Ich war so scharf auf die beiden, dass es schon fast an eine Obsession grenzte, und ich brauchte dringend etwas, das meine Geilheit in ihre Schranken verwies.

Das Meer war wirklich kalt, aber meiner Geilheit war das ziemlich egal. Die Jungs hatten ihren Spaß mit mir. Sie hoben mich hoch und warfen mich immer wieder in die Wellen. Ich kreischte immer lauter, und sie warfen mich immer höher. Sie tauchten mich unter, hielten mich an Armen und Beinen und drehten sich mit mir im Kreis. Dabei lachten wir alle, obwohl wir völlig außer Atem waren. Ich versuchte, ihnen zu entwischen, aber gegen zwei so sportliche Männer hatte ich keine Chance. Sam schwamm heimlich von hinten an mich heran und hielt mir die Arme auf dem Rücken fest, während Rick mich kitzelte. Ich wand mich und spritzte und konnte gar nicht mehr aufhören zu kichern. Rick weiß genau, an welchen Stellen ich kitzlig bin – er weiß zum Beispiel, dass jede noch so leichte Berührung an den Seiten oder am Hals für mich reine Folter ist. Warum widmete er sich also so ausgiebig den Unterseiten meiner Brüste, den Innenseiten meiner Schenkel und der Rückseite meiner Beine? Er streichelte meine empfindlichsten erogenen Zonen, die Stellen an meinem Körper, die direkt mit meiner Möse verbunden sind, sie zum Leben erwecken und pochen lassen.

Ricks Hände glitten eilig über meinen Körper, und Sams breite Brust und sein Ständer pressten gegen meine Schultern und Rücken. Das kaum auszuhaltende Kitzeln verwandelte sich in einen heißen, drängenden Zustand von Erregung, der umso frustrierender war, weil ich mich nicht befriedigen konnte. Ich hörte auf zu lachen, machte mich los und schwamm mit kräftigen Zügen davon, möglichst weit weg von den Jungs. Ich brauchte einen klaren Kopf, um ihre widersprüchlichen Signale zu deuten. Es schien ihnen ziemlich ernst zu sein, und ich fragte mich, ob sie durch diese Wasserspielchen die sexuelle Spannung zwischen uns einen Schritt weitertreiben wollten? Aber wie? Ich war auf sie beide wahnsinnig scharf, aber wollten sie wirklich einen Dreier? Oder wollte nur Sam mit mir vögeln? Oder nur Rick?

Aber womöglich war all das Flirten, Necken und Berühren von ihrer Seite aus vollkommen unschuldig? Und wenn ich etwas sagte, wenn ich ehrlich zeigte, dass es mir ernst war, dann würden sie mich im besten Fall den Rest des Wochenendes damit aufziehen. Im schlimmsten Fall riskierte ich, dass ich die beiden beleidigte und die wichtigste Freundschaft in meinem Leben ruinierte. Mein Kopf war keinen Deut klarer, als ich mich schließlich umdrehte und zum Ufer schwamm. Sam und Rick standen im Wasser und küssten sich lange und zärtlich, was die Sache nicht gerade besser machte. Sam erkundete mit seiner langen Zunge ausgiebig Ricks Lippen, und der Anblick genügte, um die Hitze zwischen meinen Schenkeln wieder aufflammen zu lassen. Die Frage, ob ihre Schwänze unter der Wasseroberfläche wohl hart waren, schoss mir wie von selbst durch den Kopf.

Zurück am Strand, beschloss ich, nichts zu riskieren. Okay, ich war scharf auf die beiden, aber an den Fakten gab es nichts zu rütteln: Ich war eine heterosexuelle Frau. Die beiden waren schwul. Was so viel hieß wie: Sie vögelten nicht mit Frauen. Und deshalb würde ich meine unangebrachten Gelüste für mich behalten, den Rest des Tages genießen und mir entweder mit meiner eigenen Hand einen Orgasmus verschaffen oder besser noch, ich schnappte mir heute Abend, wenn wir ausgingen, einen Kerl, der auf Frauen stand und es mir so richtig besorgte.

Es war Samstagabend, und Rick und Sam führten mich aus in einen Club, der erst vor kurzem eröffnet hatte. Der Club befand sich in den Bögen unter den alten Kaimauern, und nach nur einem Blick war mir klar, dass meine Chancen, hier einen Heterotypen aufzureißen, ziemlich gegen null gingen. Der Club war dunkel und riesig, mit vielen verwinkelten Ecken und versteckten Séparées und einer großen Tanzfläche. Laserstrahler reflektierten in Grün und Pink von silbernen Diskokugeln, und die rhythmische Musik dröhnte in einer Lautstärke, die den Raum zum Beben brachte. Die Besucher hatten offensichtlich ihren Spaß hier, die Atmosphäre war zwanglos und sexuell aufgeladen, auch wenn ich für diese Clubgänger nicht das richtige Geschlecht hatte. Wir genehmigten uns ein paar Drinks an der Bar und bahnten uns dann zu dritt den Weg zum Dancefloor. Eine schmalzige Diskonummer nach der anderen tanzten wir durch, uns wurde heiß, der Schweiß lief uns herunter, wir verausgabten uns im Rhythmus der Musik – drei glühende Körper in einem Meer von gutaussehenden Menschen.

Die ersten Takte meines Lieblingshits schallten durch den Club, und ich hob die Arme über den Kopf. Es war eine anmachende, erotische Melodie mit einem stampfenden Beat und einem ziemlich freizügigen Text. Ich schloss die Augen und gab mich ganz der Musik hin. Meine Hüften bewegten sich im Takt, ich legte den Kopf in den Nacken, und die langen blonden Haare fielen mir über die Schultern. Sofort stellte sich Rick hinter mich und tanzte so nahe bei mir, dass ich seine Gürtelschnalle in meinem Rücken spüren konnte. Er legte mir den Arm um die Taille, und die vertraute Berührung war mit einem Mal so erotisch, dass ich zusammenzuckte. Von vorn näherte sich Sam. Er schaute Rick über meinen Kopf hinweg direkt in die Augen, als er mir die Hände auf die Hüften legte. Sein Schwanz berührte mich knapp oberhalb des Rockbunds. So tanzten wir zu dritt den ganzen Song durch. Die Jungs drückten sich immer enger an mich, so eng, dass meine feuchte, geile Möse bei den letzten Takten zwischen ihren Schenkeln und Schwänzen eingequetscht war, wie eine Blume zwischen den Seiten eines Buchs. Das musste Absicht sein. Wenn sie mich immer noch auf den Arm nehmen wollten, dann war das nicht mehr witzig. Merkten sie denn nicht, was sie mit mir anstellten? Meine Möse brannte vor Lust, meine Haut prickelte überall, und bestimmt war in meinem Gesicht deutlich abzulesen, wie erregt ich war und wie sehr ich sie wollte. Für einen Witz ging das einfach zu weit.

Aber dann legte sich eine große, geschmeidige Hand um meine Brust, und warmer Atem kitzelte meinen Nacken. In diesem Moment wusste ich, dass es kein Spiel und auch kein Witz für die beiden war. Rick und ich hatten schon immer geflirtet, aber völlig harmlos, wie ein schwuler Mann und seine beste Freundin eben miteinander flirten. Das hier, davon wurde ich nass zwischen den Schenkeln. Es konnte nicht sein, dass es für die beiden nicht genauso real war. Oder doch? Sam hob meine Brust leicht an, er beugte sich zu meinem Ohr und sagte: »Weißt du, du siehst echt super aus. Wunderschöne Titten. Bei dir können zwei schwule Männer schon mal zum anderen Ufer überlaufen. Zumindest für eine Nacht.«

Er strich mit Daumen und Zeigefinger über meine Brustwarze, und ich brauchte nicht zu antworten. Mein harter Nippel verriet auch so, wie sehr mich die Berührung anmachte. Ich blinzelte und war für einen Moment sprachlos. Wenn ich nur Ricks Gesicht sehen könnte, damit ich wusste, dass es auch für ihn okay war. Stattdessen spürte ich wieder seinen warmen Atem in meinem Nacken und hörte seine Stimme an meinem Ohr. »Komm schon, Kyra«, sagte er. »Du musst doch mitgekriegt haben, wie sehr du uns schon das ganze Wochenende den Kopf verdrehst?« Ich fuhr herum und war mir immer noch unsicher, wie er reagieren würde.

Er beugte sich vor, um mich zu küssen. Ich war unfähig, einen klaren Gedanken zu fassen. Endlich passierte etwas. Doch was, wenn es zwischen uns komisch wurde? Die wichtigste Freundschaft meines Lebens veränderte sich, und ich wusste überhaupt nicht, ob ich das wollte. Was, wenn es sich nicht gut anfühlte, Rick zu küssen? Was, wenn es furchtbar war?

Doch als wir uns dann zärtlich, aber mit Zunge küssten, und Ricks Bartschatten über meine Wange kratzte, fühlte es sich vollkommen normal an. Ich wollte mehr davon. Während Rick mich küsste, glitten Sams Hände zwischen unsere Körper. Er packte meine Brüste, schob seine Finger unter den hauchdünnen Stoff meines Tops, entdeckte, dass ich keinen BH trug und streichelte meine nackten Titten mit einer erregenden Zärtlichkeit, die ich von jemandem, der angeblich noch nie den Körper einer Frau berührt hatte, nicht erwartet hätte. Ricks Schwanz war gegen meinen Bauch gepresst, hinter mir spürte ich, wie Sams Schwanz dicker wurde. Ich war vollkommen überwältigt von dem mächtigen Gefühl, dass ich die Ursache für diese beiden großen, harten Ständer war. Wenn die Jungs es zugelassen hätten, dann hätte ich mir sofort die Klamotten vom Leib gerissen und sie beide hier direkt auf dem Dancefloor gevögelt.

Aber sie hielten mich zurück. Stattdessen traten wir alle drei einen Schritt zurück, als der Song endete. Einen Moment lang starrten wir uns an und schnappten nach Luft. Dann lachten wir halb, weil wir wirklich und tatsächlich miteinander vögeln würden, und halb keuchten wir vor Erregung. »Wisst ihr, wohin wir jetzt am besten gehen?«, fragte Sam und packte erst meine, dann Ricks Hand. »Raus hier.«

Wir kämpften uns durch die schwitzende, stampfende Menge auf dem Dancefloor. Ich war inzwischen so geil, dass bei jeder menschlichen Berührung eine neue Welle der Lust durch meinen Körper brandete. Endlich traten wir hinaus in das kalte graue Licht. Ohne uns abzusprechen, liefen wir los. Wir wussten instinktiv, dass wir alle zum Meer wollten. Unterhalb der alten Kaimauer standen ein paar baufällige Hütten, und am Strand gab es schwer einsehbare Winkel und versteckte Ecken. Hier trafen sich alle Liebenden, die es nicht mehr erwarten konnten, bis sie wieder zu Hause oder zurück im Hotel waren.

Die Flut hatte den Strand leergefegt. Wir standen uns auf den feuchten, glitzernden Kieseln gegenüber. Ein umgedrehtes Boot verbarg uns vor neugierigen Blicken. Sam bewegte sich als Erster. Er streckte die Hand aus und strich mir leicht über die Brust. Die Berührung war so voller Respekt

51

und so zärtlich, dass ich aufstöhnte und den Kopf in den Nacken warf. Er fuhr mit dem Finger von meinem Nippel hoch zu meinem Hals. Ich zitterte vor Lust, als er sich über mich beugte und meinen Mund suchte. Er küsste ungestümer als Rick, drängender und gieriger, dabei war seine Haut glatter und weicher. Fast wäre ich in die Knie gesunken, als seine Küsse immer wilder wurden, und er hungrig an meiner Zunge saugte. Mit seinen kräftigen Fingern bearbeitete er meine Titten und kniff durch den Stoff des Tops hindurch in meine steifen Nippel. Mein ganzer Körper bebte vor Lust und Erregung.

Rick stand hinter mir, er hatte die Hände unter mein Top und in den Bund meines Rocks geschoben. Mit weichen, geübten Griffen massierte er meinen Po und den Rücken. Ich griff hinter mich und legte die Hand auf seinen Hosenschlitz. Obwohl Sams Zunge inzwischen meinen Mund erkundete, entwischte mir ein befriedigter Seufzer, als ich zu fassen bekam, was da in Ricks Hose anschwoll. Mit der anderen Hand griff ich Sam in den Schritt. Dort empfing mich eine harte Beule von einem ähnlichen Umfang wie bei Rick. Ich streichelte sie beide zuerst noch vorsichtig, doch dann immer schneller und härter. Die Jungs stöhnten, ganz falsch konnte ich also nicht liegen. Ich zerrte an Knopflöchern und Gürtelschnallen und versuchte, beide Schwänze auf einmal freizubekommen. Es gelang mir natürlich nicht, dazu war ich viel zu überwältigt von der heißen Erregung, die meinen Körper durchströmte. Doch ich brauchte nichts zu tun, als mich zu entspannen und mich ganz der Lust hinzugeben.

Für einen Moment unterbrach Sam seinen Kuss. Seine Augen glänzten, das Blut war ihm in sein markant geschnittenes Gesicht gestiegen, und er schaute mich voller Ernst an. Rick griff von hinten nach dem Reißverschluss meines Rocks und zog ihn auf. Eine schnelle Handbewegung, und der Knopf war offen. Der Rock fiel zu Boden, und ich stand nur mit Slip und meinem Top bekleidet da. Der Seidenslip war als Nächstes dran. Rick schob seine Finger unter den schmalen Bund, streichelte mich ein paar Mal und streifte dann den Slip zärtlich über meine Hüften und meine Beine. Dabei kitzelte er mich an den Innenseiten meiner Schenkel, er strich über die empfindliche Haut in meinen Kniekehlen und an meinen Knöcheln. Mit einem Gefühl von Dankbarkeit kickte ich den Slip weg, endlich kam frische Luft an meine pochende Möse. Ich stand mit leicht gespreizten Beinen da und hob die Arme, damit Sam mich vollends ausziehen konnte. Er streifte mir das Top über den Kopf und hielt nur inne, um sanft in meine Nippel zu beißen. Ich streifte schnell noch meine Sommersandalen ab, dann stand ich nackt bis auf meinen Schmuck am Strand. Vor unterdrücktem Verlangen zitterte ich in der kühlen Luft von Kopf bis Fuß. Jeden Zentimeter Haut hatten die beiden gestreichelt, nur meine Klit hatte keiner berührt. Sie war so hart und prall und heiß, dass ich es kaum mehr aushielt. Jemand musste mich einfach dort anfassen, und zwar jetzt gleich.

Aber die Jungs waren nicht fertig mit ihrer Vorstellung für mich. Noch vollständig bekleidet, beugten sie sich zueinander und küssten sich kurz, aber intensiv. Dann zogen sie sich vor mir aus. Zuerst verschwanden die T-Shirts, die sie sich gegenseitig so schnell abstreiften, als hätten sie das schon tausendmal gemacht. Zwei muskelgestählte Oberkörper kamen darunter zum Vorschein, die mir die Knie weich werden ließen. Dann schlüpften sie beide aus den Schuhen und schließlich öffneten sie sich gegenseitig die Gürtelschnallen.

Was mir nicht gelungen war, schafften sie mühelos. Wenig später waren auch die Jeans verschwunden. Die beiden Männer standen vor mir, beide in Boxershorts. Sie waren fast gleich groß und hatten eine ähnliche Figur, beide waren schlank und muskulös. Doch Sam hatte kaum Körperbehaarung, er war blond, und seine Haut hatte einen fast goldenen Ton. Rick dagegen war dunkler, behaarter, mehr der südländische Typ.

Ich konnte einfach nicht entscheiden, welcher mich mehr anmachte. Und dann wurde es mir schlagartig klar: Nicht jeder der Männer für sich, sondern die beiden zusammen waren es, die meine Klit fast zum Platzen brachten und meine Möse so feucht werden ließen. Sam legte die Hand an den Bund von Ricks Boxershorts und zog sie nach unten. Ein großer hellbrauner Schwanz kam zum Vorschein, der steif auf- und abwippte. Sam stieg aus seinen Boxershorts, und ein zweiter, glatthäutigerer Ständer, länger als Ricks, aber weniger breit, ragte aus einem Büschel dunkelblonder Haare zu mir auf. Sam wollte sofort Ricks bebende Latte umfassen, doch Rick schob die Hand seines Lovers weg.

»Nicht heute«, sagte er mit einem rauen, erregten Ton in der Stimme, den ich noch nie bei ihm gehört hatte. »Heute geht's nicht um uns. Heute geht's um Kyra. Und um Muschi.« Sie traten einen Schritt auf mich zu. Mit welchem sollte ich zuerst vögeln? Wollten die Jungs einer nach dem anderen oder wollten sie es zu dritt treiben? Würden sie mich in den Arsch oder die Möse ficken? Wussten sie denn überhaupt, wie sie meine Klit streicheln sollten und dass ich ihre Hände, ihre Zungen genau da zwischen meinen Schenkeln brauchte?

Schon unsere ersten Küsse waren aufregend gewesen,

doch das Gefühl, als wir uns nackt umarmten, war überwältigend. Ich stöhnte laut auf und rieb mich schamlos an den beiden, ich konnte einfach nicht anders. Sam küsste mich wieder, und ich drückte meine Titten gegen seine haarlose Brust, als er mich mit starken Armen zu sich zog. Zusammen lehnten wir uns gegen einen der breiten Pfeiler, die die Kaimauer stützten. Splitter von feuchtem Holz stachen in meinen Rücken, aber ich merkte es kaum.

Während Sam mich noch küsste, ging Rick vor mir in die Knie. Zärtlich schob er meine Beine auseinander und fuhr mit seinen Fingern durch mein Schamhaar. Dann spreizte er vorsichtig meine Schamlippen und legte meine Klit frei. Die kleine rosafarbene Perle explodierte fast, so prall war sie, und ich wollte nichts so sehr, als dass er sie berührte. Er legte seine Daumenkuppe darauf und drückte leicht. Ich konnte kaum mehr stehen, so sehr zitterten meine Beine. Rick verstand sofort, was los war. Er legte meine Beine über seine Schultern, so dass er fast mein ganzes Gewicht trug. Sein Gesicht war direkt zwischen meinen Schenkeln, ich konnte seinen warmen Atem auf meiner Haut spüren. Ganz langsam leckte er mit der Zunge die Innenseiten meiner Schenkel, dann fuhr er um meine Schamlippen herum und schließlich steckte er seine Zunge direkt in meine Möse und ließ sie darin kreisen. Gott, es fühlte sich gut an. Es war toll. Aber es gab etwas, das ich noch viel mehr wollte. Meine Klit wurde immer praller und heißer, was auch mit Sams gierigen Zungenküssen und seinen Händen auf meinen Titten, meinen Seiten, meinem Bauch zu tun hatte. Eine Stimme in meinem Kopf brüllte vor Erregung: Berühr meine Klit, Himmel noch mal, nun berühr sie schon. Geh mit deiner Zunge da hin, leck sie, fick sie endlich.

Als hätte er meine Gedanken gehört, war Ricks Zunge im nächsten Moment da, wo ich sie haben wollte. Sie umkreiste meine Klit, schoss vor und zurück, wendig wie ein kleiner Fisch, züngelte wie die Flamme einer Kerze und brachte mich an den Rand des Mega-Orgasmus, auf den mein Körper das ganze Wochenende hingefiebert hatte. Aber gerade als ich die ersten Schauer fühlte, die mich in den Höhepunkt treiben würden, nahm Rick seine Zunge von meiner Möse.

»Wo hast du denn das …?« Mit einem Mal fragte ich mich, ob das hier wirklich Ricks erstes Mal mit einer Frau war.

»Na komm, Süße«, sagte er und zwinkerte dabei. »Ich lese deine Zeitschriften schließlich nicht nur wegen der Modetipps. Auf den Sexseiten erfährt ein Mann alles, was er wissen muss.«

Damit war das Eis gebrochen. Wir prusteten los und glitten, immer noch wahnsinnig angetörnt, an dem Pfeiler hinab auf den Sand. Da lagen wir nebeneinander auf dem Rücken und starrten durch die Holzbohlen des Kais hoch zu den buntglitzernden Lichtern. Ich hatte meine Hände auf zwei Schwänzen. Sam streichelte meine Klitoris fast beiläufig, dabei rieb er sie leicht, dass ich das Gefühl hatte, ich könnte jeden Moment kommen, doch seine antörnende Berührung war nie fest genug, um mich wirklich zum Orgasmus zu bringen.

»Nie hätte ich gedacht, dass Titten so geil sein können.« Sam beugte sich über mich, nahm meinen Nippel in den Mund und saugte vorsichtig daran. Rick tat es ihm nach, und dann hatte ich an jeder Brust einen Mann und in jeder Hand einen Schwanz.

»Ich halt's nicht mehr aus, ich muss dich ficken«, sagte Rick abrupt und ließ, bevor er seinen Mund von meiner

Brust löste, ganz schnell die Zähne über meinen Nippel gleiten. Unwillkürlich drückte ich den Rücken durch, so dass sich mein ganzer Körper nach oben wölbte. Rick zog ein Kondom aus seiner Hosentasche und riss die Packung auf. Fasziniert sah ich zu, wie Sam es über Ricks Erektion stülpte und glatt nach unten strich.

Dankbar öffnete ich meine Beine, und er drang sofort in mich ein.

»O Gott«, stöhnte Rick, als sein großer, harter Schwanz in meine klatschnasse Möse glitt. Sein massiver, eisenharter Ständer war so groß, wie ich es gerade noch aushalten konnte. Dann verlagerte Rick sein Gewicht ein wenig, und sein Schwanz wurde noch ein bisschen größer in mir.

»O Gott«, flüsterte er noch einmal. »Das ist so weich und warm. Ich hätte nie gedacht, dass eine Möse sich so anfühlt.«

Ich überkreuzte meine Füße hinter seinem Po und drückte ihn immer weiter und noch weiter in mich hinein. Sam kniete neben uns, er hatte die Faust um seinen Schwanz und befriedigte sich selbst, wobei er sich auf die Schwanzspitze konzentrierte. Dort glitzerte ein dicker Liebestropfen im Mondlicht. Sam starrte wie gebannt auf meine Titten und Ricks Hintern. Ein Blick in sein Gesicht verriet, dass er schon ewig nichts mehr so Geiles gesehen hatte. Ricks leidenschaftliche Küsse und sein Schwanz in mir machten mich mindestens genauso geil. Wenn er jetzt meine Klit noch ganz kurz stimulierte, dann würde das der beste Orgasmus meines Lebens werden.

Sam berührte Rick an der Schulter, und als ob sie es vorher ausgemacht hätten, zog Rick seinen Schwanz aus mir heraus. Sam betrachtete sich meine pralle, rosafarbene

Muschi für ein paar Sekunden, dann hatte er ein neues Kondom über seinen Schwanz gezogen und war mit einem Mal in mir. Er bewegte sich schnell vor und zurück in mir, und sein Schambein rieb bei jedem Stoß über meine pralle, nach jeder Berührung lechzende Klit. Meine Möse begann zu kribbeln und zu flattern wie Schmetterlingsflügel, ein eindeutiges Zeichen, dass ich jeden Moment kommen würde. An Sams Gesichtsausdruck konnte ich sehen, dass es bei ihm auch gleich so weit war. Er bäumte sich auf und schloss die Augen, um sich ganz seinem Orgasmus hinzugeben. In diesem Moment setzte sich Rick auf mich, streifte das Kondom ab und steckte seinen nackten Schwanz in Sams Mund. Sam saugte gierig an Ricks massigem Ständer. Das Krachen der Meereswellen, die gegen die Kaimauer schlugen, war ohrenbetäubend, doch dazwischen war das schnalzende, feuchte Geräusch von Sams Lippen zu hören, als er seinem Lover einen blies.

Rick kam als Erster. Sein Hodensack krampfte sich zuckend zusammen und verschwand fast in seinem Körper, seine Pobacken spannten sich an, als der Orgasmus ihn schüttelte. Er gab einen unglaublich intimen Laut von sich, ein langgezogenes, kehliges Knurren. Ein paar Spermatropfen liefen an Sams Kinn herunter und landeten auf meinen Brüsten. Sam massierte den warmen, weißen Saft in meine Haut und spielte ein letztes Mal mit meinen Brüsten. Dann endlich legte er einen Finger auf meine Klit, nahm seine Hüften zurück und stieß seinen Schwanz dann hart in mich hinein. Ich ließ mich vollkommen gehen. Der Orgasmus durchzuckte meinen gesamten Körper, meine Klit summte, und Wellen der Lust schlugen immer und immer wieder über mir zusammen. Meine zuckende Möse presste sich fest um Sams Schwanz, und das Gefühl löste nun auch bei ihm einen intensiven Höhepunkt aus. Jeder Ausdruck wich aus seinen ebenmäßigen Gesichtszügen, als er sich der schieren Lust unseres Liebesspiels hingab.

Völlig außer Atem lagen wir drei eng ineinander verschlungen und glücklich im Sand und blickten in die ersten rosafarbenen Sonnenstrahlen des neuen Morgens über dem Meer. Wir bewegten uns nicht von der Stelle, auch nicht, als die kalte Flut hochschwappte und unsere Körper von den Überresten der Liebesnacht reinwusch. Um warm zu bleiben, klammerten wir uns nur noch enger aneinander.

»So«, sagte ich, »habe ich euch nun bekehrt?«

»Ich hätte nie gedacht, dass ich mal Sex mit dir haben würde«, erwiderte Rick. »Aber ich bin echt froh, dass ich diese Zeitschriften gelesen habe.«

»Ich denke, wir heben uns Sex mit 'ner Frau fürs Wochenende auf«, sagte Sam. »Kommst du bald mal wieder, Kyra?«

»Na«, erwiderte ich, »ich werde ganz sicher wieder mal kommen. Und dann werde ich noch mal kommen und noch mal und immer wieder!«

Liebe ist blind

Wie oft haben wir gehört: »Nicht anfassen, nur gucken.« Was aber erwartet uns, wenn es plötzlich heißt: »Nicht gucken, nur anfassen«? Eine unvergessliche sexuelle Erfahrung …

Ein Mädchen mit meinem Aussehen kommt nicht oft in den Genuss, mit einem Kerl wie Jamie zu vögeln. Jamie gehört zu den Typen, die in alten Klamotten und mit ungewaschenen Haaren herumlaufen können und denen die Frauen trotzdem zu Füßen liegen. Als ich ihn das erste Mal sah, war es wie eine Ohrfeige. Genau genommen, wie ein Schlag in die Muschi. Erst wurde mir flau im Magen, dann schoss mir das Blut in den Unterleib. Ich sah ihn in einer Bar und wusste sofort, dass ich ihn ansprechen musste. Also ging ich zu ihm hin und fragte ihn, ob er ein Model sei. Natürlich war er das. Aus der Nähe sah er noch umwerfender aus. Er hatte leicht gewelltes schwarzes Haar, einen dunklen samtigen Teint, grüne Augen, eine schmale Adlernase und einen unwiderstehlichen athletischen Körper. Er ist neunzehn, halb indianischer, halb irischer Abstammung und absolut göttlich. In meinen Augen jedenfalls. Seit ich Jamie getroffen habe, will ich es nur noch bei Licht machen.

Und dann ich. Sieben Jahre älter, um etliche Tausender pro Jahr reicher und, ja, wahrscheinlich mit einem höheren IQ ausgestattet als mein schöner Lover. Er ist genauso hingerissen von meiner Art zu reden wie ich von seinem Körper. Als ich ihn zum ersten Mal in mein Bett mitnahm, entpuppte er sich als zärtlicher, leidenschaftlicher, wenn auch ein wenig unerfahrener Liebhaber. Unerfahren ist er jetzt nicht mehr. Ich habe den Knaben alle Regeln der Kunst gelehrt, und er war ein überaus eifriger Schüler.

Eigentlich gibt es nur ein echtes Problem zwischen uns: Jamies Misstrauen, ich könnte ihn nur für sein Äußeres lieben. Offenbar glaubt er, nicht mehr als ein Vorzeigemännchen zu sein – ein geiler junger Hengst an meiner Seite. Ich antworte ihm immer, dass das nicht stimmt. Dass es genauso mit seinem großen, dicken Schwanz und seiner festen rosafarbenen Zunge zu tun habe wie mit den rasiermesserscharfen Wangenknochen und dem Waschbrettbauch.

»Mein ganzes Leben lang wurde ich nach meinem Aussehen beurteilt«, sagte er. »Ich will, dass du mich liebst, weil ich es bin, nicht nur wegen meines Körpers.«

Natürlich gab ich mir alle Mühe, ihn zu beschwichtigen und ihm zu versichern, dass meine Liebe nicht so oberflächlich war. Doch insgeheim fürchtete ich, dass er mit seinem Verdacht nicht ganz falschlag. Ihn anzusehen erregte mich mehr als seine Berührungen. Irgendwo habe ich einmal gelesen, dass rein visuelle Eindrücke auf Frauen keine erregende Wirkung hätten, sondern dass wir das ganze Drumherum bräuchten: Romantik, Kerzen, stundenlange Massagen. Wer auch immer auf diesen Unsinn gekommen ist, hat jedenfalls nie einen Blick auf Jamie geworfen, nackt und mit einem Ständer, der zwischen schlanken, muskulösen Schenkeln herausragt.

Eines Abends aber beschloss Jamie, mich auf die Probe zu stellen. Für eine Nacht übernahm der Schüler die Rolle des Lehrers, und diese eine Nacht werde ich niemals vergessen.

Es war Ende November und ziemlich kalt draußen, so dass ich im Kamin Feuer machte, um eine sinnliche Atmosphäre zu schaffen, aber auch um Jamie dazu zu bringen, die Hüllen fallen zu lassen. Ich hatte erst kürzlich ein neues Ledersofa gekauft und wollte mit ihm darauf vögeln. Seine hellbraune Haut würde am glatten Leder haften bleiben, sein wunderbarer Körper in den sanften Schein des Feuers getaucht. Die Szene hatte ich mir tagelang ausgemalt, und die Vorstellung hatte mich wahnsinnig aufgegeilt.

Pünktlich um acht Uhr stand Jamie mit einem schelmischen Grinsen an meiner Haustür. In der einen Hand trug er eine dunkelblaue Papiertüte, in der anderen eine Flasche Moët.

»Der ist für dich, Schätzchen.« Er überreichte mir den kalten Champagner und küsste mich auf die Wange. »Das auch«, fügte er hinzu, während er mit der Tüte vor meiner Nase herumfuchtelte. »Aber wir heben es uns für später auf.« Auf seinem Gesicht erschien ein unverschämtes Grinsen, das ich nicht recht deuten konnte.

Neugierig half ich ihm aus dem Mantel. Darunter trug er schlabberige, ausgebeulte Jeans und einen alten ausgeleierten Pullover. Als er in die Küche verschwand, um den Champagner einzuschenken, warf ich schnell noch ein Scheit ins Feuer in der Hoffnung, er würde sich wenigstens einer Schicht seiner Montur entledigen.

Wir tranken den Champagner und knutschten eine Weile auf dem Sofa. Von Zeit zu Zeit musste ich eine Pause einlegen, um in sein herrliches Gesicht zu starren. Jamie machte sich daran, mein Hemdblusenkleid aufzuknöpfen, rollte mir die halterlosen Strümpfe herunter, dann streifte er sie ab, und dabei bedeckte er meinen Körper langsam mit sinnlichen Küssen. Seine eigene Kleidung behielt er an. Meine Haut fing an zu kribbeln vor Aufregung, ich konnte es kaum abwarten, bis er sich endlich auszog. Der Moment, in dem ich Jamies nackte Haut zu sehen bekam, war immer wieder überwältigend. Beim Anblick seines Körpers – dieser Bauch, diese Pobacken! – schlug die Erregung stets in die Qual um, und immer aufs Neue überkam mich dieses unbeherrschbare Verlangen, an Ort und Stelle über ihn herzufallen. Natürlich wusste er das. Je länger er mit dem Ausziehen wartete, desto feuchter würde ich sein.

Behutsam löste er den Haken meines BHs, schob mir die Träger über die Schultern und zog die Körbchen herunter, so dass meine Brüste entblößt heraussprangen. Er nahm eine Brustwarze zwischen seine sanften Lippen und stimulierte sie mit kurzen schnellen Zungenschlägen, bevor er an ihr saugte. Er biss in mein Höschen und zog es mit den Zähnen über meine Hüften und die Beine, wobei er mich mit Zunge und Zähnen liebkoste. Es war köstlich. Wenn er sich nur endlich ausgezogen hätte, wäre es perfekt gewesen. Vielleicht will er, dass ich ihn anflehe, dachte ich. Und ich war mir nicht zu stolz dafür.

»Baby«, schnurrte ich, während ich mich auf meiner Ledercouch wand, ihm die Brüste entgegenstreckte und die Beine spreizte, »lass mich dich anschauen. *Bitte*. Du weißt doch genau, wie heiß es mich macht, dich anzuschauen.«

Jamie handelte so schnell, dass ich keine Zeit hatte zu reagieren. Er sprang auf das Sofa, setzte sich rittlings auf mich und benutzte meine eigenen Strümpfe, um mich mit beiden Armen an die Chromlehne des Sofas zu fesseln. Gefesselt fühlte ich mich unter dem Gewicht seines Körpers auf meiner Brust wie festgenagelt. Adrenalin schoss mir durch die Adern, und zwischen meinen Beinen begann es zu pulsieren, so schnell wie mein flatterndes Herz. Ich sah noch, wie Jamie zu der dunkelblauen Papiertüte griff, die er mitgebracht hatte, und eine Augenbinde herauszog. Er hielt sie hoch, damit ich sie betrachten konnte, rote, wattierte Seide mit schwarzem Futter, bevor er sie mir fest um den Kopf band. Ich konnte absolut nichts mehr sehen. Und ich war immer noch zu schockiert, um etwas zu sagen.

Meines Sehvermögens beraubt, spürte ich sofort die gesteigerte Wahrnehmung aller anderen Sinne. Ich spürte den weichen Stoff von Jamies Jeans auf meinem Bauch, das Gewicht seines starken Körpers auf mir, und dann, als er sich zu mir herabbeugte, den warmen Atem auf meiner Brust, meinem Schlüsselbein, an meinem Ohr.

»Du bist so besessen von allem, was du zu sehen kriegst«, flüsterte er mit einer heiseren Stimme, die mich erschaudern ließ, »dass du vergessen hast, wie geil deine anderen Sinne sein können. Ich werde dich mitnehmen auf eine Reise der Sinne, die dich umhauen wird. Deine Muschi wird um Gnade flehen.«

Obwohl mich seine Worte erregten, war ich auch sauer auf Jamie. Wie konnte er es wagen! Wie konnte er mir das vorenthalten, was ich an unserem Liebesspiel am allermeisten begehrte? Ich wollte ihm gerade meine Meinung sagen, als er plötzlich von mir heruntersprang und meinen zweiten Strumpf dazu benutzte, mich mit den Füßen ans andere Ende des Sofas zu binden.

»Mach mich wieder los, verdammt!«, schrie ich ihn an.

»Nein«, erwiderte er. Als ich mich wehrte, fiel mir auf, dass ich meinen Körper in allem viel stärker wahrnahm. Ich spürte, wie sich zwischen meiner glühenden Haut und dem Leder des Sofas Feuchtigkeit ansammelte. Wie mir das Haar über die Schultern fiel und mein Dekolleté streichelte. Ich spürte die Wärme, die von Jamies glühendem Körper ausging. Jamies Duft, den betörenden Geruch seines Haars, der mit der warmen Luft zu mir herüberwehte und den ich einsog wie eine Droge, ein Aphrodisiakum.

Er verschwand wieder in der Küche. Ich versuchte mich zu befreien, warf den Kopf hin und her, versuchte, die Augenbinde zu lösen, doch je stärker ich mich wehrte, desto fester wurden meine Fesseln. Und je hilfloser ich mich fühlte, umso erregter wurde ich. Jeder Zentimeter meines Körpers befand sich in höchster Alarmbereitschaft, wartete einzig und allein auf Jamies Berührung. Ich vernahm ein Klirren aus der Küche, hörte, wie der Kühlschrank geöffnet und wieder geschlossen wurde. Was zum Teufel machte er da?

Ich fand es heraus, als er zurückkehrte. »Deine erste sensorische Erfahrung«, verkündete er, »ist Schmecken und Riechen.« Ich spürte seine warme, männliche Präsenz, als er sich neben mich kniete, und roch den intensiven süßen Duft von frischem Obst. Jamie platzierte eine Erdbeere zwischen meine Lippen. Sie schmeckte exotisch, aufregend, als ob ich nie zuvor eine Erdbeere gegessen hätte. Mein Mund schloss sich um die saftige Frucht, als Jamie eine Erdbeere auf meine feuchten Schamlippen legte und ein wenig in meine Spalte schob. Sie fühlte sich an wie die Spitze von

Jamies Schwanz, der mich behutsam öffnete, bevor er in mich stieß. Die neckende, kitzelnde Gegenwart der Erdbeere bescherte mir süße Qualen und ließ mich nur daran denken, wie sehr ich ihn jetzt in mir haben wollte.

Er drehte die Beere hin und her, schraubte sie in meiner Öffnung vor und zurück. Dann nahm er sie weg und hielt sie mir unter die Nase. Ich konnte mich selbst riechen sowie den übersüßen Duft der reifen Frucht.

»So riechst und schmeckst du«, sagte er. »Deine Muschi ist süßer als jede Frucht.«

Ich hörte, wie er die Erdbeere genüsslich aufaß, und stellte mir den dunkelroten Saft vor, der seine weichen Lippen färbte. Als er sich zu mir herunterbeugte und mich küsste, schmeckte ich mich selbst und die Frucht und außerdem etwas Erdiges, Alkalisches, ein unbeschreibliches Aroma, Jamie selbst. Unsere Küsse wurden fordernder, er lag jetzt auf mir, und das Geräusch von Reißverschlüssen und raschelndem Stoff verriet mir, dass sich Jamie endlich auszog. Wenn ich ihn schon nicht sehen konnte, so war es das Zweitbeste, seinen Körper auf mir zu spüren. Weicher Baumwollstoff strich über mein Gesicht, als sich Jamie das T-Shirt über den Kopf zog, und ich spürte, wie seine schmalen Hüften fest gegen meine drückten, als er sich aus seiner Hose wand. Er war jetzt nackt, sein Körper glitt über meinen, sein anschwellender Schwanz lag auf meinem Oberschenkel.

»Ich wünschte, ich könnte dich sehen«, wimmerte ich frustriert.

»Aber du schaust mich immer an. Ich möchte dich auch einmal anschauen. Jetzt gerade schaue ich dich an«, sagte er mit tiefer Stimme und atmete schwer. »Deine langen Beine, die du für mich spreizt. Ich liebe die Sommersprossen auf deinem Schlüsselbein. Deine Titten, die ich so sehr verehre.«

Während Jamie jede einzelne meiner erogenen Zonen beschrieb, sang meine Haut vor Wohlbehagen, so als berührte er mich mit seinen Händen, nicht mit Worten. Unter meiner Augenbinde war die Welt schwarz, aber Jamies Beschreibungen waren so ausführlich, so voller Details, dass ich zum ersten Mal an meinen eigenen Körper dachte, und nicht an seinen, und das war überhaupt das Erotischste, das mir je in den Sinn gekommen war.

»Deine Titten haben genau die richtige Größe, ich kann jede mit einer Hand umfassen«, sagte er und legte seine Hände über meine Brüste. Ich seufzte vor Lust. »Ich mag es, dass deine Brustwarzen rosafarben sind, nicht braun wie meine.« Er sprach weiter in einem aufreizenden, knurrenden Ton und fuhr dabei mit der Hand über meine Brüste, meinen Bauch, an meinem Busch vorbei, bis er mir schließlich mit Daumen und Zeigefinger die Schamlippen auseinanderschob und meine Klit freilegte. »Ich mag es, dass du auch da unten rosa bist. Ich liebe die Art und Weise, wie du deine ganze Muschi rasierst, so dass ich die Haut darunter sehen kann. Ich liebe die Form deiner Möse, deine weichen Schamlippen, und ich liebe deinen Kitzler. Er ist so winzig und schön. Am allermeisten liebe ich es, ihn zu lecken und zu reiben und an ihm herumzuspielen, bis du kommst. Und wenn du kommst, liebe ich es, zu beobachten, was mit deinem Gesicht passiert. Du wirst überall ganz rosa und hübsch, und du siehst so sanft und lieblich aus.«

Ich hörte es wieder rascheln, als Jamie erneut etwas aus der Papiertüte zog, in der schon die Augenbinde gewesen war. Ich vernahm ein klickendes Geräusch, dann ein Surren, das unverkennbare Geräusch eines Vibrators, der soeben eingeschaltet worden war. Meine Klit pochte vor freudiger Erwartung. Bis ich Jamie kennenlernte, war ich süchtig nach meinem Vibrator, hatte ihn aber seither nicht mehr benutzt. Als er den weichen summenden Gummi an meine Brustwarzen führte, wurde mir erst bewusst, wie sehr ich mein Spielzeug vermisst hatte. Ich nehme an, Jamie war mein neues Spielobjekt geworden. Ich spürte, wie meine Brustwarzen auf die Vibrationen reagierten, sie wurden härter und größer, bis der Reiz beinahe zu stark war und ich Jamie anflehte aufzuhören.

»Oh, ich wünschte du könntest deine Titten jetzt sehen«, sagte er. »Deine Brustwarzen sind dunkelrosa und geschwollen. Sie sehen aus wie Rosenknospen, so herrlich …« Und dann spürte ich seinen sanften feuchten Mund an meiner Brust, und mit Zunge und Lippen besänftigte er das Kribbeln auf meiner Haut.

Mit dem Vibrator fuhr er meinen Körper entlang, ließ den Apparat über die Innenseiten meiner Arme und über meinen Bauch kreisen. Dann hielt er ihn an meine Oberschenkel, wo er meinem Kitzler nahe genug war, um ihn wild hämmern und pochen zu lassen, aber nicht nahe genug, um mich so zu stimulieren, dass ich kam. Er führte den Vibrator an meinen Schamlippen entlang, erforschte meine Spalte mit der Spitze des Apparats, schob ihn langsam in mich hinein, so dass ich vor Verzückung aufschrie. Er zog ihn ebenso langsam wieder heraus, spreizte meine Beine noch etwas weiter und führte den Vibrator an meinen Anus. In meinem ganzen Leben hatte mich noch niemand dort berührt, nicht einmal mein wunderschöner Jamie, geschweige denn mit einem Vibrator, und das Gefühl war so intensiv, dass ich vor lauter Lust einen sonderbaren animalischen Laut ausstieß.

»Ich glaube, du bist bereit für mich«, verkündete Jamie, und während er den Vibrator an meinem Po weitersurren ließ, durchbohrte er mich mit seinem Schwanz. Jedes einzelne Haar seines prächtigen üppigen Dschungels kitzelte und reizte die nackte Haut meines Geschlechts, und sein Schambein verpasste meiner Klit endlich die Reibung, nach der ich mich die ganze Zeit gesehnt hatte. Ich roch, wie sich mein Saft mit seinem ureigenen Aroma vermischte, und weil ich nichts sah, nahm ich alles noch stärker wahr. Er stieß zu, stieß den Schwanz in mich hinein, und jeder Stoß wurde durch den Vibrator verstärkt, der meinen Po erkundete und entflammte. Durch meinen Körper rieselten die ersten unverkennbaren Kontraktionen, die den nahenden Orgasmus ankündigten. Er wird gewaltig werden, dachte ich. Der heftigste, unglaublichste Orgasmus, den ich je erlebt hatte. Gerade wollte ich mich in freudiger Erwartung des Höhepunkts gehenlassen, als Jamie innehielt.

»Ich werde dich jetzt losbinden«, erklärte er. »Aber nur, wenn du mir versprichst, die Augenbinde aufzubehalten.« Ich nickte zustimmend. Ich wünschte mir so sehnlichst einen Orgasmus, dass ich sogar einverstanden gewesen wäre, die Binde für den Rest meines Lebens zu tragen – wenn er mir nur erlauben würde, in den nächsten paar Minuten zu kommen. Jamie zerrte an den Strümpfen, die mich an das Sofa fesselten. Er hatte es sichtlich eilig, mich von meinen Fesseln zu befreien, offenbar konnte er es ebenso wenig wie ich erwarten, weiterzuvögeln und nach dem Höhepunkt zu jagen. Das Blut schoss zurück in meine nun befreiten Hände und Füße und schickte ein kribbelndes Taubheitsgefühl durch meine Glieder. Jamie legte die Hände um meine Taille – warum war mir eigentlich nie aufgefallen, wie groß seine Hände waren, wie trocken und zart, dass sie sich auf meiner Haut wie Seidenpapier anfühlten? Mit einem Schwung drehte er meinen schmachtenden Körper so herum, dass ich auf allen vieren kniete.

Er stellte sein Knie erneut zwischen meine glatten Oberschenkel, spreizte meine Beine und tastete mit den Fingern nach meiner Möse. Dann riss er sie auf und durchbohrte sie mit der Spitze seines Schwanzes. Er war in mir, er bumste mich von hinten, begierig, eine Hand an meiner Hüfte, um mich festzuhalten, und sein geschmeidiger langer Schwanz füllte die ganze Tiefe meiner nassen Möse. Mit der freien Hand setzte er den Vibrator direkt auf meine Klitoris, und ich wusste, dass ich es nicht länger aushalten konnte. Die eben noch tauben Gliedmaßen wurden von Empfindungen überschwemmt, während die Spannung in mir heraufkroch und sich schließlich entlud, als ich kam. Meine Muschi kontrahierte in vier oder fünf großen heißen Wellen und umklammerte Jamies Schwanz. Ich hatte noch immer die Binde vor den Augen und kroch auf allen vieren, während winzige Zuckungen mein Becken erfassten, das Nachbeben meines Höhepunktes. Jamie zog blitzartig seinen Schwanz aus meiner Möse, bevor er kam, und sein warmer weißer Saft spritzte auf meinen Po.

Mit seinen großen kräftigen Händen massierte er die klebrige Flüssigkeit in mein Kreuz. Ein kleines Rinnsal lief durch die Pofalte an mir herunter. Jamie folgte der Spur mit dem Daumen, malte kleine Kreise und rieb sein Sperma in meine Poöffnung, ein Gefühl, bei dem es mir den Atem verschlug.

Während ich dort in der Dunkelheit lag, wurde mir eins klar: Es hatte mich so unglaublich angemacht, Jamie zu schmecken, zu riechen, zu hören und zu spüren, dass ich die ganze Zeit über, während wir vögelten, nicht einen Gedanken daran verloren hatte, wie er aussah. Ich empfand einen neuen Respekt gegenüber meinem schönen Lover, der mit Leidenschaft und Phantasie bewiesen hatte, dass er mehr, ja so viel mehr war als nur ein hübsches Gesicht. Ich spürte, wie geschickte Finger die Augenbinde lösten. Mir fiel auf, dass es draußen mittlerweile dunkel geworden war. Ich blinzelte kurz, bis sich meine Augen an das sanfte Licht gewöhnt hatten, das von der ersterbenden Glut des Feuers ausging. Als ich mich herumrollte, um Jamie anzusehen, konnte ich nur vage die Umrisse seines Körpers ausmachen, der sich im letzten Schein des Feuers schemenhaft gegen die Dunkelheit abhob. Die Details seiner physischen Erscheinung, nach denen ich so verrückt war – die Haarlinie zwischen seinem Bauchnabel und seinem Schwanz, die Farbe seiner Brustwarzen, die Adern an seinen Armen, das Grübchen auf seiner linken Wange –, nichts von alledem war sichtbar. Es machte mir überhaupt nichts aus.

»Willst du, dass ich das Licht anmache, Baby?«, erkundigte er sich und fuhr mit dem Finger über meine Brust und hinunter zu meinem Oberschenkel. Ich konnte ihn kaum erkennen, doch war er in meinen Augen niemals schöner gewesen.

Zweikampf im Dschungel

Ein geiler Fick ist nur möglich mit jemandem, den man liebt – oder zumindest mag. So lautet ein Sexmythos, der sich bis heute hartnäckig hält. Manchmal können aber gerade kleine Spannungen oder Feindseligkeiten zwischen zwei Menschen einen Brand entfachen, der heißer ist als jede romantische Glut. Den besten Sex hatte ich Herrgott noch mal nicht selten mit Kerlen, die ich nicht ausstehen konnte. Die Frau, die mir diese Geschichte erzählte, empfand von Anfang an tiefe Abscheu für den Typen, der später ihr leidenschaftlichster Liebhaber werden sollte. Mir gefällt diese Geschichte: Sie belegt meine Theorie, dass sich unbändiges Verlangen an den unwahrscheinlichsten Orten offenbart und oft von den merkwürdigsten Leuten entzündet wird.

Ich ließ den Blick über die Wände meiner Lehmhütte gleiten, die in einem Naturreservat im tiefsten indischen Dschungel stand, und dachte: Wie um alles in der Welt bin ich hier gelandet? Als meine Freundin Sarah vorschlug, einen Urlaub der besonderen Art zu machen, war ich sofort dabei. Mal etwas anderes als die übliche Sonne-Strand-und-Cocktail-Nummer, dachte ich. Der Fitnessurlaub in der Wildnis, den die Broschüre anpries, klang nach einer guten Idee: jeden Morgen Yoga, Kräutertees, vegetarisches Essen und ausgedehnte Wanderungen durch eine üppige Landschaft. Vor meinem geistigen Auge ging ich, befreit von der Last westlicher Werte und Schönheitsideale, als ein schlankes, spirituelles Wesen aus ihm hervor. Ich hatte mich auf traditionelle indische Schönheitskuren gefreut, die meine Haut würden erstrahlen lassen, und in meiner Vorstellung war ich braun gebrannt, ausgeglichen und fröhlich nach Großbritannien zurückgekehrt. Und natürlich hatte ich mir ein phantastisches sexuelles Abenteuer mit einem sonnengebräunten muskulösen rastagelockten Austauschstudenten erhofft, der mich am Ufer des Indischen Ozeans sanft und zärtlich lieben würde. Nun, warum sollte man als Singlefrau in Urlaub fahren, wenn man nicht jede Facette seiner Freiheit genoss?

Sämtliche Hoffnungen zerschlugen sich, als mich Sarah in letzter Minute wegen eines Auftrags, den sie unmöglich ablehnen konnte, sitzenließ. Ich spielte mit dem Gedanken, zu Hause zu bleiben. Allerdings hatte ich die Reise schon bezahlt, und letztlich entschloss ich mich doch, allein zu fliegen. Meine Vorfreude und Abenteuerlust waren einfach zu groß.

Die Realität sah nun etwas anders aus: Ich schlief in einer primitiven Lehmhütte unter einem stinkenden Moskitonetz, umgeben von alternden Hippies, die sich rund um die Uhr mit Geschichten über Extremreisen zu überbieten versuchten.

»Das ist hier ja nur ein gemütliches Wochenende«, sagte ein barfüßiger Typ mit grauem Zottelbart und herabhängendem Bierbauch. »Wenn du es dir richtig hart geben willst, musst du in einen Aschram gehen, wo du nur noch

Saft zu trinken kriegst. Schon nach ein paar Tagen hast du einen richtig klaren Kopf. Echt spirituell!«

Der einzige Typ in meinem Alter war David, und er war, offen gesagt, sogar noch schlimmer als die alten Hippies. Ein Erlebnispädagoge aus Südwestengland, der alles zu wissen glaubte. Seine Überheblichkeit regte mich von der ersten Sekunde an auf. Darüber hinaus war er mächtig stolz auf seinen Körper, den er bei jeder nur denkbaren Gelegenheit zur Schau stellte: Wir konnten an keinem Wasserfall vorbeigehen, ohne dass David eine spontane Gruppendusche vorschlug. Er sah wohl *tatsächlich* gut aus, wenn man auf große muskulöse Typen mit Waschbrettbauch ohne ein Gramm Fett und aalglatte braune Körper steht. Und wer außerdem auf breite Kieferknochen, entwaffnende haselnussbraune Augen und leicht gewelltes hellbraunes Haar abfährt, ja, der wäre bei David an der richtigen Adresse gewesen. Meinetwegen hätte er wie Brad Pitt aussehen können, mit seiner schrecklichen besserwisserischen, herablassenden Art hätte sich mir dennoch der Magen umgedreht.

Da ich die einzige Singlefrau unter vierzig war, hatte es David natürlich auf mich abgesehen. Ihm ging es einfach nicht in den Kopf, dass ich nicht scharf darauf war, jede Nacht mit ihm am Lagerfeuer zu sitzen und stundenlang Berichten über irgendwelche Bergbesteigungen und Wildwasserrafting zu lauschen. Zuerst zeigte ich ihm höflich die kalte Schulter, aber schon nach zwei Tagen schnauzte ich ihn hemmungslos an. Aus meiner leichten Verärgerung war eine regelrechte Aversion geworden, die ich nicht mehr abschütteln konnte. Jeden Abend, wenn ich mich zum Schlafen zurückzog, verfluchte ich Sarah, dass sie mich mit diesen Leuten mitten im Nirgendwo alleingelassen hatte. David war mir so über die Maßen lästig, dass ich mich sogar beim Einschlafen noch über ihn ärgerte. Und als er sogar in meinen Träumen auftauchte, eindeutig erotischen Träumen, aus denen ich schweißgebadet, zwischen den Beinen pochend und die Bettwäsche umklammernd erwachte, bestätigte das in meinen Augen nur, dass er ein extrem ätzender Typ war, der sich sogar ungebeten Zugang zu den Träumen anderer Menschen verschaffte.

Gegen Ende der ersten Woche begann es mir trotzdem Spaß zu machen. Ich liebte die Yoga-Sessions, insgesamt fünf Stunden täglich. Und mir gefiel auch, was mit meinem Körper passierte: Meine Orangenhaut verwandelte sich in festes Muskelfleisch, und die Zentimeter schmolzen dahin. Ich musste zugeben, dass ich beinahe die Figur meiner Jugend zurückgewann und damit verbunden neue Lust auf Sex und Verliebtsein in mir verspürte. Vermutlich luden die Sonne, die sechzehn Stunden täglich auf uns herunterbrannte, und das feuchtheiße Klima den Ort zudem erotisch auf. Es war nur eine Affenschande, dass es niemanden gab, von dem man sich flachlegen lassen konnte, abgesehen von David, aber der kam ganz offensichtlich nicht in Frage.

Etwa in der Hälfte des Urlaubs nahm ich die Yoga-Sessions für Fortgeschrittene in Angriff. Ich war in kürzester Zeit so etwas wie eine Expertin geworden. Es mag vielleicht oberflächlich klingen, aber während die Hippies *Om* machten und abwechselnd durch je ein Nasenloch atmeten, beschäftigten mich ganz andere Gedanken: Da ich nun einen Spagat machen kann, werde ich einen Haufen Stellungen ausprobieren, an die ich vorher nicht zu denken gewagt hätte.

David tat sich mit einem Kopfstand hervor, eine Meisterleistung. Sie wurde allerdings dadurch geschmälert, dass er sich nach *jedem* Mal umblickte, um sicherzugehen, dass ich ihm zusah. Was erwartete er nur von mir? Hätte ich vielleicht sagen sollen: »Toll, deine starken Beine. Lass uns jetzt vögeln«? Wahrscheinlich. Aber diese Genugtuung würde ich ihm nicht geben.

Das Absurde war: Je größer meine Verachtung für David wurde, desto heißer waren meine Träume. Die Tatsache, dass er es bis in meine sexuellen Phantasien geschafft hatte, führte dazu, dass ich mich ihm gegenüber noch unbeherrschter verhielt. Nachdem ich ihn angeschnauzt hatte, weil er mich nicht einmal während meiner abendlichen Yoga-Stunden in Ruhe ließ, hörte ich ihn murmeln, ich bräuchte wohl mal einen guten Fick, oder etwas in der Art. Doch als ich ihn aufforderte, das bitte zu wiederholen, bestritt er, etwas gesagt zu haben.

Am vorletzten Tag vor meiner Abreise praktizierten wir gerade unsere Sonnengrüße, als die Morgendämmerung über dem indischen Dschungel hereinbrach. Der Augenblick, in dem ich spürte, wie die ersten Sonnenstrahlen meine nackte Haut küssten, war für mich der schönste des ganzen Tages. Deepa, unsere Yoga-Lehrerin, verordnete für diesen Donnerstagmorgen Dehnübungen, die wir jeweils zu zweit machen sollten.

»Am besten ist es, wenn sich ein Mann und eine Frau zusammentun«, erklärte sie. »Ich habe euch nach Kraft und Größe einander zugeteilt.« Ich wusste es, *verdammt noch mal*, ich wusste es, bevor sie unsere Namen, Davids und meinen, zusammen verlas.

»Hallöchen«, rief er schon von weitem und schritt mit seiner Yoga-Matte unter dem Arm zu mir herüber. »Deepa

76

möchte offenbar gerne, dass wir uns ein bisschen näher kennenlernen.«

»Ich aber nicht«, blaffte ich ihn an. Als wir nebeneinander auf der Erde lagen und die Tiefenatmung praktizierten, die unsere Wahrnehmung für den eigenen Körper steigern sollte, merkte ich, dass ich im besten Fall eine verstärkte Wahrnehmung für David entwickelte. Während ich mich also darauf konzentrierte, langsam durch meine Nase ein- und durch meinen Mund auszuatmen, spürte ich am ganzen Körper ein Kribbeln, das ich beim Yoga zuvor noch nie erlebt hatte. Eine Hitze breitete sich zwischen meinen Beinen aus, die mit jedem Atemzug größer wurde, so als brächte jemand tief in meinem Becken eine Saite zum Schwingen. Sosehr ich David auch hasste, ich musste mit Entsetzen feststellen, dass es mich anmachte, auf diese Weise neben ihm zu liegen. Ja, *wirklich*, es machte mich absolut an.

Nun, da ich seinen Körper riechen konnte, da sich die Härchen auf unseren Armen gegenseitig berührten, wurde mir klar, dass ich mich dem Punkt näherte, an dem sich der Körper über den Geist hinwegsetzt. Wenn die Chemie stimmt, kann man so gut wie nichts dagegen tun. Selbst wenn du seine Persönlichkeit nicht magst oder dir sein Äußeres nicht gefällt, die Reaktionen deines Körpers verraten dir, dass du einen elektrischen Schlag bekommen wirst, einen Adrenalinstoß, wenn deine Haut zum ersten Mal die seine berührt, und dass dein Verlangen so mächtig wird, dass du ihn einfach küssen musst. Und wenn du einmal angefangen hast, kannst du nicht mehr aufhören, und das Ganze schaukelt sich zu dem phantastischen, schweißtreibenden, geilen Sex hoch, der dich noch Monate später nachts aus dem Schlaf reißt. Und für den Rest deines Lebens wird sich dir beim Gedanken daran der Magen umdrehen.

Das mit der sexuellen Chemie war mir schon ein- oder zweimal mit anderen Liebhabern passiert. Aber damals hatte ich die Männer gemocht, respektiert und zum Teil sogar geliebt. Dieser völlige Widerspruch zwischen Körper und Geist war neu für mich – und äußerst verwirrend.

Die abschließenden Dehnübungen waren für mich nichts als süße Qual. David und ich mussten eine Vielzahl an intimen Stellungen einnehmen. Am Anfang war es noch okay, als wir Rücken an Rücken saßen und uns abwechselnd einer gegen den anderen lehnten. Sein Körper war so durchtrainiert, dass ich spüren konnte, wie sich seine ausgeprägten Rückenmuskeln in mein Fleisch drückten. Aber solange wir uns nicht ansahen, konnte ich das animalische Verlangen, das mich durch und durch erfüllte, noch kontrollieren und die Nackenhaare, die sich mir aufstellten, und das immer heftigere Gefühl zwischen den Beinen weitgehend ignorieren.

Sogar als wir uns gegenseitig die Arme über den Kopf hoben und abwechselnd gegeneinander drückten, wobei wir den Widerstand des anderen nutzten, um unsere Muskelkraft und Vitalität zu steigern, hatte ich noch alles im Griff. Während wir uns durch zahlreiche Übungen arbeiteten, von denen keine so intim war, wie ich anfangs befürchtet hatte, gelang es mir, mich so zu konzentrieren, dass mein Geist die Oberhand behielt. Ich atmete tief ein und aus und richtete meine ganze Aufmerksamkeit auf meinen eigenen Körper, nicht auf Davids (nur der Vollständigkeit halber: Sein Körper war warm und feucht von frischem Schweiß, jung und stark und männlich). Auf diese Weise konnte ich etwas innere Ruhe finden. Ja, eine sonderbare starke Erregung war über mich gekommen, als wir zum ersten Mal nebeneinanderlagen. Aber jetzt war alles gut. Ich war wieder bei mir selbst. Und wenn ich noch immer erschauderte, sobald wir die Position wechselten und ein anderer Fleck Haut von ihm zum ersten Mal meine Haut berührte, so war das wahrscheinlich nur der Sonnenbrand.

Deepa ließ uns erneut die Position wechseln. Ich musste mit möglichst weit gespreizten Beinen dasitzen, während David Druck auf meine Innenschenkel ausübte, um sie so weit auseinanderzuschieben, bis es nicht mehr ging. Er berührte mit den Handflächen die empfindliche dünne Haut zwischen meinen Beinen, eine allseits bekannte erogene Zone. Meine Muschi begann jetzt ernsthaft in einem kleinen heißen Rhythmus zu pochen. Zu meiner großen Beschämung machte sich ein feuchter Fleck auf meinem Bikinihöschen bemerkbar – wieder weigerte sich mein Körper, meinem Geist zu gehorchen. Als David den Fleck entdeckte, hätte mich die überhebliche, selbstgefällige Art, wie er sich die Lippen leckte, eigentlich anwidern sollen, stattdessen wurde mir beim Anblick seiner Zunge bewusst, wie einfach und wie köstlich es wäre, mich ein paar Zentimeter vorzubeugen, ihm meine Zungenspitze in den Mund zu schieben und den Kuss geschehen zu lassen, um die ganze Kette von Ereignissen in Gang zu setzen.

Bevor ich auch nur etwas annähernd so Törichtes anstellen konnte, neigte sich unsere Yoga-Session dem Ende zu, und es war Zeit, sich für den Dschungelmarsch umzuziehen. Ich stürmte in meine Hütte, schloss die Tür hinter mir und trat vor lauter Ärger und Frustration mit voller Wucht gegen das Bett. *Fuck fuck fuck fuck fuck!* Mit David zu schlafen kam nicht in Frage. Klar, ich war total scharf. Und ja, ich wurde schon feucht, wenn ich mir nur vorstellte, wie es mit ihm wäre. Aber die Genugtuung würde ich dem Kotzbrocken einfach nicht geben.

Diesmal führte uns die Wanderung einen steilen, überwucherten Pfad hinauf. Wir mussten uns einen Weg durch den Regenwald bahnen und einen Berggipfel erklimmen, auf dem wir unsere Lunchpakete auspacken würden (vegan und kalorienarm, versteht sich), bevor es wieder an den Abstieg ging. Es war die bisher härteste Tour, aber ich ging munter vorneweg, denn die Anstrengung half mir, meinen unwillkommenen morgendlichen Anfall von Geilheit zu verdrängen. Irgendwann fasste ich Tritt mit dem Rest der Gruppe und vergaß David und die Blicke, die er mir wegen des wachsenden Flecks in meinem Schritt zugeworfen hatte.

Mehr als einmal stellte ich fest, dass er plötzlich neben mir ging, aber dann legte ich einfach einen Zahn zu und unterhielt mich lautstark mit einem der anderen Bergsteiger. Dabei achtete ich darauf, einen eher engen Steig zu nehmen, damit er nicht zu mir aufschließen konnte. Trotzdem gelang es mir nicht, ihn abzuschütteln. Wenn er hinter mir ging, spürte ich seine Blicke auf meinem Po in den engen Shorts. Seine Blicke schienen mich regelrecht zu durchbohren. Und wenn er vor mir ging, konnte ich meinerseits nicht die Augen von seinem imposanten Rücken lassen, musste ich mich von den beiden Muskelpaketen faszinieren lassen, die auf den kräftigsten, strammsten männlichen Oberschenkeln saßen, die sich mir je präsentiert hatten. Von Zeit zu Zeit blickte ich auf seine Hände, die seitlich neben ihm schwangen und ihm halfen, das Gleichgewicht zu halten. Sogar seine Handgelenke machten mich an. Und sein Nacken, so sehnig und braun gebrannt, o Gott, ich wollte den Arm ausstrecken und ihn berühren.

Im Rückblick frage ich mich, ob David wusste, dass ich von seinem Körper wie hypnotisiert war. Ich musste ihn so gebannt angestarrt haben, dass ich nicht merkte, wie wir uns von der Gruppe entfernten. Erst als ich mich zu der Frau neben mir umdrehen wollte, sah ich, dass wir allein waren. Panisch blickte ich in alle Richtungen, aber außer uns war niemand da. Ich lauschte auf die Stimmen der anderen, denen wir nur zu folgen brauchten, doch war der Anstieg so steil und mühsam, dass sicherlich niemand mehr Atem für eine Unterhaltung übrig hatte. Als David mitbekam, dass ich stehen blieb, wandte er sich zu mir um. Ein süffisantes Lächeln umspielte seine Lippen.

»Und ich dachte, du wärst Erlebnispädagoge mit pfadfinderischen Fähigkeiten!«, schnaubte ich ihn an. »Kannst du uns denn nicht zu den anderen zurückbringen?«

»Oje«, sagte er voller Sarkasmus. »Ich habe gar nicht gemerkt, dass du mir so dicht auf den Fersen bist. Es sieht so aus, als wären wir ganz allein. Ja, was in aller Welt sollen wir jetzt tun?«

Warum, *warum* sah er nur so verdammt geil aus, wo er doch so ein Widerling war? Die Arroganz, die er an den Tag legte, schien sein Sex-Appeal nicht etwa zu schmälern. Im Gegenteil. Ich fühlte mich noch stärker zu ihm hingezogen. Erschöpft ließ ich mich auf einen Baumstumpf sinken.

David nahm den Rucksack ab und zog seine Wasserflasche heraus. »Was sollen wir nur tun?«, wiederholte er, bevor er den Kopf in den Nacken legte und gierig zu trinken begann, wobei ihm das Wasser aus den Mundwinkeln in seinen wohlgeformten braunen Nacken lief. Mein Körper befahl mir, mich auf ihn zu stürzen, das herabfließende Wasser aufzulecken, ihm die Kleider vom Leib zu reißen und ihn weiter zu küssen, zu lecken, zu beißen, an ihm zu saugen, bis ich zu seinem Schwanz gelangte … und dort weiterzumachen, bis er hart war, härter, als er in seinem Leben je gewesen war, hart genug, um mich zu vögeln, wie ich es wollte.

»Du musst etwas trinken«, sagte David in seinem nervigen Oberlehrer-Klugscheißerton. Mir wurde plötzlich bewusst, dass ich völlig ausgetrocknet war. Außerdem stellte ich fest, dass ich meine Flasche ausgetrunken haben musste, bevor wir überhaupt die Hälfte des Weges hinter uns hatten. Ich zuckte mit den Schultern, als scherte ich mich nicht darum, aber es war zu spät, er hatte die leere Flasche an meinem Gürtel bereits entdeckt.

»Du kannst von meinem Wasser trinken«, erklärte er und führte den Flaschenhals an meine Lippen. Gierig sog ich an der Öffnung, weil ich Durst hatte, aber auch, weil die Flasche nach David schmeckte. Sie roch nach ihm, und ich schloss die Augen, presste die Flasche an meinen Mund und stellte mir vor, ihn zu küssen. Als ich den letzten Schluck nahm, lief mir das Wasser über Kinn, Wangen und Hals.

Ich war wie versteinert, als sich David zu mir beugte, eine makellose rosafarbene Zunge herausstreckte und einen Wassertropfen von meinem Hals leckte. Mit der Zunge berührte er mein Schlüsselbein und fuhr dann quälend langsam hinauf über meine Wange. Er war so nah, dass ich jedes einzelne Haar auf seinem Nacken spüren und sein berauschendes Aroma einatmen konnte. Seine Zunge fand meinen Mund und drängte sich behutsam zwischen meine Lippen. Ihr folgte ein sanfter weicher Mund, der in Form, Größe und Beschaffenheit so perfekt passte, als wäre er nur für mich geschaffen worden. Ob ich wollte oder nicht, ich hätte ihm niemals widerstehen können.

Die Frage war jetzt nicht mehr, *ob* ich David haben wollte: Ich *musste* ihn haben. Das Bedürfnis, dem ich mich hingab, war so fundamental und ursprünglich wie Hunger, Durst und Schlaf. Ich *musste* seine Hände auf meinen Brüsten spüren. Ich riss mein Baumwollhemd auf, ohne mich um die Knöpfe zu kümmern, die für immer im Unterholz verschwanden. Ihm ging es offenbar genauso, denn er hakte meinen BH mit derselben Sachkenntnis auf, mit der er alles tat, und nahm meine Titten in seine enormen Hände. Unter der warmen Berührung wurden meine Brustwarzen hart, so dass sie zwischen seinem Daumen und Zeigefinger herausragten. Als er sie sanft und zärtlich drückte, begann meine Klit in freudiger Erregung zu pulsieren.

Ich wollte, dass er mich schnellstmöglich auszog, sofort und unbedingt, denn jedes Stückchen Stoff zwischen uns war ein Hindernis und zögerte den Moment hinaus, in dem ich endlich seine Brust an meinen Titten spüren konnte, seine Hände auf meinem Po und seinen Schwanz in meiner Möse. Ich zerrte an seinem Hemd. Meine Hände verwandelten sich in Klauen. Ich war ein wildes Tier, als ich seinen Gürtel aufriss und ihm Hose und Slip über die Hüften zog, während ich mich meiner Shorts entledigte. Die Hose hing mir in den Knien, als er meine Schenkel auseinanderschob und mir zwei Finger in die tropfende Muschi stieß. Ich konnte spüren, wie sich mein gieriges Loch um sie herum zusammenzog, aber er holte sie viel zu bald wieder heraus. Dann hielt er die beiden Finger hoch, als ahmte er eine Pistole nach, führte sie sich unter die Nase und atmete tief ein.

»Du triefst ja«, stellte er fest. »Und verdammt noch mal, riechst du köstlich!«

Ein dicker Schwanz ragte zwischen seinen Beinen hervor. Er war unverkennbar so geil auf mich, dass es gar nicht nötig war, ihn mit meinem Mund noch härter zu machen. Ich fasste mit beiden Händen hinunter und liebkoste seinen Schaft. Ich begann an der Wurzel, fuhr die ganze Länge hinauf und kam schließlich zur Sache, indem ich die Vorhaut zurückschob und eine glänzende purpurrote Spitze zum Vorschein brachte. Dieser Schwanz war der schönste, den ich je gesehen hatte. Aber ich brauchte ihn an einem Ort, an dem er für mich unsichtbar war.

Wir zogen uns hastig die Schuhe aus und sanken auf die staubige Erde. Wir waren splitternackt im Dschungel, und die einzigen Geräusche weit und breit waren das entfernte Tosen eines Wasserfalls, das Schreien der Vögel und Sirren der Insekten. Davids Kuss war das einzige Vorspiel, das ich brauchte, und als ich die Beine öffnete, war es eine Frage von Sekunden, bis er in mir war. Sein großer harter Schwanz füllte mich ganz aus. Ich hatte mich noch nie so ursprünglich gefühlt, noch nie war ich so begierig nach einem anderen Körper gewesen. Ich war mir nicht sicher, was ich als Nächstes tun würde, aber die Natur wusste es. Ich neigte meine Hüften und erlaubte ihm, so tief in mich zu stoßen, wie es nur möglich war.

Wir wälzten uns auf der Erde. Ich stieg auf ihn und zog meine Beine bis an die Brust, bevor ich mich über seinen Schwanz hockte. Mit meinem ganzen Gewicht bohrte ich ihn in mich und spürte, wie mich sein weiter anschwellender Schwanz noch einmal ganz ausfüllte. Meine Klit war so hart und groß, dass sie zwischen meinen Schamlippen herausragte. David blickte hinunter, und als er sie sah, befeuchtete er Daumen und Zeigefinger mit Speichel, legte sie an beide Seiten meiner Perle und bewegte seine Hand sanft vor und zurück, vor und zurück. Die Berührung war zart, aber der Effekt trat schnell und effizient ein wie beim Umlegen eines Lichtschalters. Mein Orgasmus war so heftig, dass ich die animalischen Laute, die ich ausstieß, kaum wahrnahm. Wieder und wieder und wieder wurde mein Körper von heftigen Zuckungen erschüttert. Einmal beugte ich mich noch vor, um David zu küssen, bevor ich über ihm zusammenbrach und mich ganz den Empfindungen hingab, die durch meinen Körper fluteten.

Ich stieg von ihm herunter und lag mit dem Gesicht nach unten neben ihm, zu erschöpft, um weiterzumachen. Aber er war noch nicht fertig mit mir. Sein Schwanz war noch größer und praller als zuvor, er stand kerzengerade und pulsierend zwischen seinen Beinen. Mein Körper, der sich vom gewaltigsten Orgasmus erholte, den ich je erlebt hatte, war schlaff und kraftlos. Als er meine Hüften hochzog und ein Knie zwischen meine Beine schob, stöhnte ich protestierend auf in der Gewissheit, dass mein schwacher verausgabter Körper nicht mehr ertragen konnte. Aber er war in mir, bevor ich überhaupt die Gelegenheit hatte, etwas einzuwenden, er vögelte mich von hinten, stieß so hart in mich, dass ich nicht widerstehen konnte und mich wie eine Stoffpuppe nach vorn fallen ließ. Die Qual, meine noch geschwollene Muschi so stoßen zu lassen, verwandelte sich bald in eine ganz andere Empfindung, die tief drinnen begann und bis an die Körpergrenze reichte.

Es war ein Schaudern, das von meinem Becken ausging und meine Gliedmaßen entlangfloss, bis sich meine Arme und Beine taub anfühlten. Ich spürte nur noch ein tiefes inneres Prickeln. Je heftiger David zustieß, umso mehr wollte ich es. Es dauerte keine zwei Minuten, bis mir eine neue Welle unbändiger Lust ankündigte, dass ich noch einmal kommen würde. Es war diesmal ein anderes, tieferes Gefühl, als ich es je erlebt hatte. Ich gab mich dem schwachen Pochen hin, das immer stärker und stärker wurde, bis ich wieder explodierte. Dabei spürte ich, wie sich aus einem unbekannten, tief verborgenen Winkel meines Inneren ein warmer Strahl ergoss. David wäre beinahe aus mir herausgerutscht, aber meine wild zuckende Muschi ließ seinen Schwanz nicht los. Als er kam, war er halb in mir, und ich spürte zwei heftige Stöße, bevor er reglos verharrte und vor Verzückung aufschrie. Mein eigener Saft, vermischt mit seinem, tropfte mir aus der Möse auf die Oberschenkel und in sein Schamhaar und hinterließ eine kleine Pfütze auf dem Dschungelboden. Dann nahm er seinen Schwanz von mir, und wir rollten auf den Rücken. Seite an Seite lagen wir da, bebend, langsam und gleichmäßig atmend, wie wir es im Yoga-Kurs gelernt hatten. Der schien eine Ewigkeit her zu sein.

An die Stelle der selbstgefälligen Arroganz war eine Zärtlichkeit getreten, die mich dahinschmelzen ließ, als er mich küsste, uns mit seiner Unterhose sauber wischte und dann unsere verstreuten Kleider einsammelte. »Ich fürchte, ein paar Knöpfe sind futsch«, murmelte er von hinten, als er mir behutsam in den BH half. Dann bückte er sich, um mir die Schuhe anzuziehen. Der Kuss, den er mir aufs Knie drückte, ließ mich erneut vor Verlangen erschaudern. Nun, da ich von der Möglichkeit wusste, mehr als einmal hintereinander zu kommen, hatte ich das Gefühl, für David immer bereit zu sein.

»Was nun?«, sagte ich und blickte zum Himmel. »Es wird bald dunkel, dann finden wir gar nicht mehr zurück.« Ich war plötzlich ernsthaft besorgt: Wir hatten kaum noch Wasser, und sosehr mich die Vorstellung auch reizte, wir konnten nicht von Sex allein leben.

»Ach ja, ist das so?«, sagte David leichthin und schob einen Busch zur Seite. Hinter ihm versteckte sich der Pfad, der direkt zum Camp zurückführte. »Ich wusste die ganze Zeit genau, wo wir waren. Wir hatten uns überhaupt nicht verlaufen.«

Er konnte sein selbstzufriedenes Lächeln nicht lange verbergen, und ich spürte, wie der Ärger wieder in mir hochstieg. Als ich hinter ihm den Weg zu unseren Hütten hinunterging und ihn prahlen hörte, dass es ihm gelungen sei, mich zweimal hintereinander zum Orgasmus zu bringen, hatte ich größere Lust, ihm einen Schlag zu versetzen, als ihn zu küssen. Ich gab der Versuchung nach. Denn warum sollte ich mich zwingen, diesen Mann zu mögen, wenn es so viel lustvoller war, ihn zu hassen?

Die Kamera lügt nicht

Viele von uns stellen sich in ihren Tagträumen vor, wie es wohl wäre, mit einer anderen Frau zusammen zu sein. Aber nur wenige haben den Mumm, diese Phantasie Wirklichkeit werden zu lassen. Sara, die mir diese glühend heiße lesbische Geschichte erzählt hat, erklärte, dass die Dinge zuweilen eine völlig unerwartete Wendung nehmen. Um die eigenen lesbischen Phantasien zu verwirklichen, so Sara, müsse man sich lediglich zur richtigen Zeit am richtigen Ort aufhalten … und dort wie durch ein Wunder auf die richtige Frau treffen.

Die meisten Mädchen, die als Model für Hochglanzmagazine arbeiten, sagen, dass sie unbedingt auf den Laufsteg wollen oder eigentlich Schauspielerinnen sind. Ich nicht. Ich bin stolz auf meinen Körper. Ich stelle ihn gern vor der Kamera zur Schau. Modeln ist eine tolle Möglichkeit, Geld zu verdienen, und ich werde sie wahrnehmen, solange sie sich mir bietet. Seit meinem ersten Fotoshooting hatte ich immer reichlich Arbeit. Ich habe mehr Kurven als ein Durchschnittsmodel, was mir zugutekommt. Ich werde vor allem von Männerzeitschriften für ungenierte Oben-ohne-Aufnahmen gebucht, aber auch für künstlerische Aufnahmen,

Videos und schräge Werbespots, meist um ein Produkt mit ein wenig Sex und Persönlichkeit aufzuwerten.

Die Bilder von mir mögen aufreizend wirken, aber wenn ich nackt vor der Kamera stehe, ist die Stimmung nie unangenehm oder in irgendeiner Weise sexuell aufgeladen. Letztlich ist es mein Beruf, ich bin ein Profi, genauso wie die Fotografen. Außerdem sind die Typen, die mich fotografieren, meist so alt, dass ich ihre Tochter sein könnte, und generell sind sie eher fürsorglich als aufdringlich.

Mittlerweile kenne ich eigentlich alle Leute im Hochglanzsektor, so dass ich ganz schön aufgeregt war, als ich plötzlich mit einer Unbekannten in Nordlondon arbeiten sollte. Jeder neue Fotograf bringt eine andere Seite meiner Persönlichkeit heraus. Aber was Kim in mir entfesseln würde, darauf wäre ich nie gekommen.

Das Shooting war für eine neue Zeitschrift, die sich vor allem durch Sexreportagen und erotische Geschichten für Frauen auszeichnete. Ich sollte Unterwäsche für den Mode-Teil vorführen. In meinen Ohren klang der Job zuerst nach Kitsch und Glamour, doch als ich im Studio ankam, in einem riesigen weißen Raum in einer umgebauten Lagerhalle, entdeckte ich zu meiner grenzenlosen Freude eine Kleiderstange mit phantastischer Unterwäsche im Retro- und Burlesque-Stil. Die Visagistin, der Stylist und ich jauchzten vor Entzückung über die klassischen femininen Korsetts, die sexy 40er-Jahre-Nylon- und Netzstrümpfe. Da lagen sogar eine wunderhübsche Unterwäschegarnitur, ein BH und ein hochtailliertes Höschen aus echter Fallschirmseide. Ich hielt mir den elfenbeinfarbenen Stoff an die Wange. Und ich stellte mir vor, wie leicht und edel er sich auf meinem Körper anfühlen würde.

Wir stöberten noch voller Enthusiasmus in den Klamotten herum und diskutierten, welche Frisuren und welches Make-up zu ihnen passen würden, als die Fotografin eintraf und sich mit dem Namen Kim vorstellte. Sie war nicht viel älter als ich, groß und androgyn mit kurzer hellbrauner Elfenfrisur, und trug einen weiten maskulinen Nadelstreifenanzug, weiße Chucks und eine enge weiße Weste. Sie war eine der am coolsten gestylten Frauen, die mir je begegnet waren. Kim war freundlich, aber sachlich, und ging sofort daran, die richtige Stimmung zu erzeugen.

»Ich habe ein bisschen Musik mitgebracht«, sagte sie. Ihre feinen Gesichtszüge formten sich zu einem scheuen Lächeln. »Sie wird euch auf eine Reise in die Vergangenheit mitnehmen – wir brauchen nur die richtige Atmosphäre, dann machen wir auch ein paar großartige Bilder.« Sie legte eine Scheibe in den CD-Player, und sogleich erfüllten die sanften Klänge eines 40er-Jahre-Walzers den Raum.

Kim begann, ein altmodisches Damenzimmer nachzustellen, indem sie ein paar alte Möbel in der Mitte des Studios arrangierte. Die ruhige Musik half mir, in meine Rolle zu schlüpfen, während sich andere darum kümmerten, dass ich die passende Frisur und das perfekte Make-up bekam. Wir entschieden uns für einen Retro-Look: hell gepuderte Haut, reichlich Eyeliner, Mascara und mattierte rote Lippen. Meine Haare wurden auf große Lockenwickler gedreht, und als sie wieder abgewickelt wurden, ordnete die Stylistin sie so, dass mir die dunklen Locken in sanften Wellen über die Schultern fielen. Die Jahrzehnte schmolzen dahin, und ich sah haargenau aus wie ein Sternchen am Burlesque-Himmel.

Kim näherte sich mir von hinten und ließ für den Bruchteil einer Sekunde ihre Hände auf meinen Schultern ruhen.

»Zauberhaft«, meinte sie und strich mir eine lose Haarsträhne vom Schlüsselbein. »Du siehst aus wie Vera Lynn, der Liebling der Truppe. Genauso habe ich es mir vorgestellt.«

Sie legte ihre Hände auf meinen entblößten Nacken, während wir darüber sprachen, was sie genau vorhatte. »Okay, also, es geht darum, dass du dir gerade in der konventionellen, fast schon braven Unterwäsche wie die liederlichste Schlampe überhaupt vorkommst«, fing sie an. »Was wir also machen, ist Folgendes: Wir fangen mit den weißen Sachen an, in denen du verhältnismäßig spröde und jungfräulich wirkst. Und dann, wenn wir zu den gewagteren Stücken kommen, derangieren wir mehr und mehr die Frisur und das Make-up und lassen dich so ein bisschen schlampiger und anzüglicher aussehen. Damit das Ganze im Laufe des Shootings immer heißer und expliziter wird.«

Ich finde es gut, wenn ich beim Modeln meine theatralische Seite ausleben kann, also nickte ich begeistert und erklärte ihr, dass ich bereit sei.

Das erste Kostüm war ein Unterkleid mit einem langen eingenähten Petticoat, ein wirklich verführerisches Teil. Plötzlich sehnte ich mich zurück nach einer Zeit, als Unterwäsche noch subtil und feminin war. Ich dachte an den Tanga und den Push-up-BH, die ich für gewöhnlich trug, und beschloss, die Gage für dieses Shooting in etwas Klassisch-Damenhafteres und Üppigeres zu investieren. Während der Aufnahmen saß ich an einer altmodischen Frisierkommode und kämmte mir das Haar mit einer bezaubernden antiken Silberbürste.

»Das ist großartig«, sagte Kim. »Kannst du irgendwie deine Brüste berühren? Sie mit dem Finger leicht streicheln? Schließ deine Augen. Stell dir vor, wie es wäre, wenn dich ein

Lover an einer intimen Stelle berühren würde.« Ich brauchte es mir kaum vorzustellen – meine Finger waren nur wenige Zentimeter von der Stelle entfernt, an der mich vor wenigen Augenblicken Kims Hände berührt hatten. Aber für den Fall, dass mir die Anweisungen nicht reichten, führte sie mir vor, wie sie es haben wollte. Als sie ihr Jackett ablegte, den Kopf in den Nacken warf, mit einer Hand anmutig über ihr Schlüsselbein strich und die Finger langsam zur sanften Wölbung ihrer Brust hinunterwandern ließ, sah sie mit einem Mal so viel weicher und mädchenhafter aus. Mein Unterbewusstsein überraschte mich, denn plötzlich stellte ich mir vor, wie es wäre, wenn ich sie berühren und diese Weichheit in ihr zum Vorschein bringen würde. Außer in meinen Phantasien war ich noch nie mit einer Frau zusammen gewesen. In diesem Studio aber, diesem Phantasie-Szenario, schien alles möglich zu sein.

Als ich für das nächste Set posierte, stellte ich mir vor, es wäre Kims Hand, die mich an der Brust streichelte. Ich ließ der Phantasie freien Lauf und spürte, wie meine Brustwarzen hart wurden und durch die zartrosa Seide des Unterkleids schimmerten.

»Ist dir kalt?«, erkundigte sich Kim unschuldig. Ich schüttelte den Kopf.

»Um ehrlich zu sein, mir gefällt das, ein Nippel-Ständer«, sagte sie und richtete die Linse auf meine Titten. »Er beweist die Existenz eines Innenlebens unter der kitschigen Standardunterwäsche für das Mädchen von nebenan.« Sie hatte ja keine Ahnung, dass sie selbst das Objekt meiner Phantasien war!

Als wir das Set beendet hatten, lud Kim die Fotos, die sie bisher gemacht hatte, auf ihren Laptop. Wir beugten uns über den Bildschirm, um sie uns anzusehen. Die Bilder waren toll, um Welten besser als die knalligen Bikiniaufnahmen, die ich ständig für Männerzeitschriften machte. Sie sahen aus wie klassische Porträtaufnahmen.

»Du hast einen wundervollen Körper«, stellte Kim anerkennend fest, während sie durch die Bilder scrollte. »Nicht viele Frauen haben heutzutage noch diese Rundung hier.« Sie deutete auf die geschwungene S-Form meiner Taille auf dem Bildschirm, fuhr mit dem Finger meine Hüften und Oberschenkel entlang. Ich stellte mir vor, sie berührte mich anstelle meines Bilds, und der Gedanke an ihre Hände auf meinem Po, meinen Beinen, bewirkte zwischen meinen Oberschenkeln ein sanftes Pulsieren.

Das nächste Kostüm war die Unterwäsche aus Fallschirmseide. Das Höschen fühlte sich hauchzart auf der Haut an, und der BH war weich und ohne Bügel. Mir gefiel es, wie er die Konturen meines Körpers sacht umschloss, anstatt meine Brüste in zwei aufmüpfige Kugeln zu pressen. Ich räkelte mich auf einem Kunstfellteppich und streckte die Arme weit über den Kopf, wobei ich darauf achtete, nach jedem Klicken der Kamerablende die Pose zu wechseln. Kim gab mir nach wie vor Anweisungen.

»Das ist spitze, Sara«, erklärte sie. »Du verlierst dich richtig in deiner Phantasie. Jetzt hak die Daumen einfach in den Höschenbund und zieh ihn etwas nach unten, zeig ein bisschen von der Haut oberhalb deiner Muschi.«

Das Wort »Muschi« ließ mich erröten. Vielleicht beeinflusst die feine Unterwäsche aus einer vornehmeren Zeit mein Zartgefühl, dachte ich und konnte mir ein Lächeln nicht verkneifen. Von ihren Lippen klang dieses Wort wie eine Herausforderung, eine Anmache. War ich gerade dabei, mich lächerlich zu machen? Ging meine Phantasie mit mir durch? Ich wusste nicht einmal, ob Kim lesbisch war. Gut, sie war in gewisser Weise knabenhaft, aber das allein musste ja noch nichts heißen, oder? Und selbst wenn *sie* lesbisch war – ich war es nicht. Warum also stellte ich mir jedes Mal, wenn ich die Augen schloss, vor, sie zu berühren? Und wollte, dass sie zu mir auf den Teppich kroch und sich neben mich legte?

Kim ließ mich auf allen vieren posieren, den Po in die Luft gereckt, meinen Schmollmund in die Kamera gerichtet. Die starken Fotolampen beschienen Beine und Oberschenkel und riefen ein Gefühl lasziver Schwere hervor, wie man es manchmal beim Sonnenbaden hat.

»Oh, wundervoll, wundervoll«, sagte Kim. Je mehr Komplimente sie mir machte, desto sinnlicher fühlte ich mich. Ich kroch auf dem Teppich herum, dann kniete ich mich mit gespreizten Beinen hin und hob die Arme über den Kopf.

»Wundervoll«, entfuhr es Kim wieder. »Ich stelle den Selbstauslöser ein und lasse die Kamera einfach drauflosschießen, vielleicht fangen wir so ein paar spontane Aktionen von dir ein. Mach einfach genau so weiter und prahle mit deinem phantastischen Körper.« Kim hockte sich neben die Kamera, während diese immer weiterklickte.

Sie war wirklich sehr schön mit ihren katzenartigen Zügen, die es ihr erlaubten, diesen knabenhaften Kurzhaarschnitt zu tragen. Und auch ihr Körper war ziemlich sexy: Ihre Arme waren dünn, aber sehnig und muskulös. Neben den durchtrainierten Armen wirkten die sanften Rundungen ihrer Brüste noch berauschender auf mich. Sie trug keinen BH unter ihrer Weste. Ich wollte diese Nippel steif und ihre Muschi feucht machen.

Ich beschloss, sie ein wenig zu necken und herauszufinden, ob ich sie genauso beeinflussen konnte wie sie mich. Ich sank auf die Oberschenkel, und streckte die Titten so heraus und spreizte die Beine noch ein bisschen weiter, so dass die milchweiße Haut zwischen meinen Beinen entblößt wurde. Ich schloss die Augen, nahm einen Finger zwischen die Lippen und biss darauf.

Als ich zu Kim hinübersah, wurden ihre Titten gerade hart, eindeutig, ihre Lippen wirkten größer und röter, und ihre Augen glänzten. Ich fragte mich, was sie wohl empfand. Was geschah zwischen ihren Beinen? Ein ähnlich drängendes Pochen wie zwischen meinen?

Als wir fertig waren, kehrte ich in die Garderobe zurück und streifte den elfenbeinfarbenen Seidenschlüpfer ab. Ich presste ihn an meine Nase und atmete meinen eigenen Geruch ein, das frische, moschusartige Aroma, das ein klares Zeichen meiner Erregung war. Plötzlich überkam mich der Wunsch, denselben Geruch an Kim zu riechen, mein Gesicht in ihr Höschen und zwischen ihre Beine zu stecken. Ich hatte nie zuvor den Drang verspürt, so etwas mit einer Frau zu tun. Jetzt war es das Einzige, was ich wollte.

Das letzte Kostüm war um einiges aufreizender: ein Straps-Bustier in Babyblau und bauschig-weite Frenchknickers mit Spitzenbesatz. An diesem Ensemble war rein gar nichts unschuldig. Die Krönung waren getönte Seidenstrümpfe mit einer durchgehenden schwarzen Naht und hellblaue runde Schuhe mit Plateauabsätzen. Ich sah aus wie Betty Grable. Als ich ins Studio zurückschlenderte, stieß Kim einen leisen Pfiff aus.

»Oh, wow! *Das* ist es! Das ist ein *Titelfoto*«, sagte sie aufgeregt und dimmte das Licht. Ich lehnte mich auf dem altmodischen Messingbett zurück und genoss die Kühle des Satinstoffs auf meiner Haut. Ich presste die Oberschenkel zusammen, so dass sich die Knickers rafften und meine Klitoris reizten.

»Okay, wir sind bereit«, sagte Kim, und ich legte los. Ich posierte und setzte mich in Szene, wobei ich mich im Rhythmus der Musik bewegte und von Kims geflüsterten Anfeuerungen antreiben ließ. Als die Schallplatte zu Ende war, verstummte Kim plötzlich, so vertieft war sie in die Nummer, die ich für sie zum Besten gab. Die einzigen Geräusche in dem sonst stillen Raum waren das Klicken der Kamera, das Rascheln des Satins und der schwere Atem zweier Frauen.

»Lass es uns jetzt ohne Schuhe und Strümpfe probieren«, schlug Kim vor.

Ich hatte schon ein paar Erfahrungen mit Burlesque-Stripeinlagen gesammelt und wusste, wie ich mir die Strümpfe ausziehen musste, um sexy und verführerisch zu wirken. Ich streckte elegant ein Bein nach vorn und schleuderte den Schuh von mir weg durch den Raum. Den anderen Schuh ließ ich von meinem großen Zeh baumeln, bevor ich ihn auf den Boden fallen ließ. Auf diese Weise kamen meine schmalen Knöchel zur Geltung. Dann stand ich auf. Mit Blick in die Kamera löste ich erst den einen, dann den anderen Halter des Strapsgürtels, wobei ich zärtlich über meine Beine strich. Ich bückte mich, so dass Kim in meinen BH gucken konnte, und rollte dann langsam, so quälend langsam, dass ich es selbst kaum aushielt, den Strumpf nach unten, bevor ich ihn geschickt abstreifte und über die Bettkante legte. Dort hing er wie ein Abdruck meines Beins herunter. Dann wandte ich mich mit dem Rücken zur Kamera und präsentierte ihr (und

Kim) meinen Po, während ich mich bückte und den anderen Strumpf abrollte, wobei ich immer darauf achtete, dass ich mit den Händen meine glatten Beine streifte. Ich spreizte die Beine und blickte zwinkernd zwischen meinen Oberschenkeln hindurch in die Kamera.

»Tolles Bild!«, sagte Kim mit tiefer, krächzender Stimme, die mich am ganzen Körper erschaudern ließ. Ich legte mich aufs Bett, drehte mich auf den Bauch und begann mich am Kissen zu reiben, dessen bauchige weiche Masse sich an meine geschwollene Klit schmiegte. Ich setzte mich auf und sah in die Kamera, während ich mit den Fingern meine Brustwarzen streichelte. Ich steckte einen Finger in den Mund und ließ ihn unter den BH gleiten. Mit dem feuchten Finger rieb ich meinen Nippel, bis ich vor Lust aufseufzte. Kims Hand wanderte, wie ich sah, instinktiv zu ihrer Brust. Die kräftige muskulöse Hand auf ihrem kleinen weichen Busen erregte mich so sehr, dass ich mir auf die Unterlippe beißen musste, um nicht aufzuschreien und sie anzuflehen, herzukommen und mich zu berühren. Wenn ich die Einladung nicht aussprechen konnte, so würde dies nun mein Körper für mich tun, und zwar so, dass Kim sie nicht ausschlagen konnte.

Ermuntert von Kims Gesichtsausdruck und ihrem kurzen, flachen Atem, zog ich meinen BH aus und entließ ein paar feste, runde, warme Brüste ins Scheinwerferlicht. Als Kim sie zum ersten Mal sah, entfuhr ihr ein Wimmern. Ich hängte den BH zu den Strümpfen über die Bettkante. Dann hob ich, auf dem Rücken liegend, beide Beine an und streifte die Frenchknickers ab, so dass ich bis auf den hellblauen Strapsgürtel nackt war. Die Kamera klickte weiter, aber die Abstände zwischen den Aufnahmen waren jetzt größer.

Kim war so von der Szene vor ihren Augen eingenommen, dass sie sich kaum aufs Fotografieren konzentrieren konnte.

Von schierem Verlangen – meinem und ihrem – getrieben, kletterte ich vom Bett herunter, legte langsam den Strumpfgürtel ab und ließ ihn auf den Boden fallen. Wie in Trance bewegte ich mich in die Mitte des Studios und winkte Kim herbei. Als sie auf mich zukam, sah sie so herrlich jung und verletzlich aus. Sobald sie in Reichweite war, schlang ich die Arme um ihre Taille und zog sie an mich. Sie zitterte, als ich meine Lippen sanft auf ihre drückte.

Kim war fast genauso groß und ungefähr so schwer wie ich. Ich war es gewöhnt, von Männern überragt zu werden, die größer, behaarter und insgesamt kräftiger waren. Auge in Auge mit einer Frau dazustehen, der ich körperlich ebenbürtig war, wirkte auf mich unglaublich erotisch. Sie entspannte sich sofort in meinen Armen und küsste mich mit einer Tiefe und Leidenschaft zurück, die meiner Erregung in nichts nachstanden. Ich glitt mit den Händen unter ihre Weste. Sie hob die Arme über den Kopf, dass ich ihr die Weste mit einer einzigen schnellen Bewegung abstreifen konnte. Ich nahm mir ein paar Augenblicke Zeit, um den Anblick ihrer Brüste zu genießen, die so weich und rund und fest waren, eine herrliche weibliche Wölbung auf einem geschmeidigen muskulösen Körper.

Wir küssten uns noch einmal, und ihre harten Knospen rieben sich köstlich an meinen. Unsere Titten wurden aneinander gepresst, als wir uns enger und fester umschlossen. Ich half Kim, sich von ihren Kleidern zu befreien, zerrte an ihrer Hose, zog hastig an ihrem Höschen, bis wir beide nackt waren. Meine glatte gewachste Muschi genoss die Reibung, als ich mich an ihren rasierten Busch schmiegte und sich unsere Körpersäfte vermischten. Ihre Hand fuhr meinen Rücken hinauf und hinunter, dass ich vor Verlangen bebte.

Jetzt ergriff Kim die Initiative. Sie nahm mich an der Hand und führte mich zum Bett. Wir sanken auf das zerwühlte Bett nieder, in das Gewirr von Laken, Titten, Armen und Beinen, und jeder Zentimeter meiner Haut brannte. Sie lag auf mir, das leichte Gewicht ihres Körpers hielt mich unten. In der Hoffnung, sie möge meinem Beispiel folgen, glitt ich mit einer Hand zwischen ihre Beine, die sie bereitwillig spreizte. Zum ersten Mal in meinem Leben berührte ich die Muschi einer anderen Frau. Sie fühlte sich weich und feucht und warm und einladend an. Mit dem Daumen schnellte ich über Kims Klitoris und fuhr die Umrisse ihrer Schamlippen nach, bis ich ein paar Finger in ihre enge, nasse Höhle steckte. Sie stöhnte vor Lust, biss die Zähne zusammen und erbebte, während sich ihre feuchte Enge um meine Finger klammerte. Ich nahm meine Hand fort und benutzte ihren Körpersaft, um ihre Klitoris noch heftiger, noch schneller zu stimulieren. Zu meinem Entzücken schwoll die kleine Perle unter meiner Berührung weiter an. Je schneller ich ihre Klit rubbelte, umso dringender wurde mein Wunsch, dass sie meine berührte.

Als könnte sie meine Gedanken lesen, entwand sich Kim meinem Griff und legte sich auf den Rücken. Ihre Muschi gab einen herrlichen Schmatzlaut von sich, als sie meinen Fingern entglitt. Ich hob die Hand an meine Nase und sog ihren Duft ein, der so viel erregender und verlockender war, als ein Parfüm je hätte sein können. Ich schloss die Augen und atmete tief ein. Als ich sie wieder öffnete, lag Kim zu meinen Füßen, und ein paar starke, drahtige Arme drängten meine Oberschenkel auseinander. Meine Muschi fing in freudiger Erwartung an zu pulsieren, so heftig und schnell, dass ich mir sicher war, sie konnte es sehen.

Kim leckte jeden Zentimeter meiner Oberschenkel, meiner Spalte, meiner Vulva: Ich hatte die Gegend erst vor ein paar Tagen gewachst, so dass der haarlose Hügel gegenüber jeder noch so zarten Berührung äußerst empfindlich war. Ich spürte ihre Lippen, ihre Zunge, das unerwartet neckische Kitzeln ihrer Zähne, als sie mich verschlang.

Ich spreizte die Beine. Meine stolze, pochende kleine Klit ragte hervor und buhlte um Aufmerksamkeit. Kim ließ sich nicht lange bitten, und ihre Zunge, die sie zu einer kleinen spitzen Rosenknospe formte, schnellte über meinen Kitzler. Ohne den Kontakt zwischen meiner Muschi und ihrem Mund abzubrechen, drehte sie sich einmal ganz herum und schwang ihr Bein über meine Schulter, so dass sie mit gespreizten Beinen über meiner Brust kniete und ihr Po ein paar Zentimeter über meinen Brüsten schwebte. Gierig benetzte ich meine Finger mit Speichel und schob meine Hand zwischen ihre Schenkel. Ich hatte leichten Zugang zu ihrer Möse und rieb mit Begeisterung ihr entflammtes, geschwollenes Fleisch, züngelte ihre Klit und steckte die Finger in den Schlitz. Sie krümmte und wand sich vor Entzücken, während wir beide einen Gang höher schalteten: Meine Finger in ihrer Möse glitten rein und raus, während sie es mit blitzschnellen Zungenschlägen meiner glückseligen Muschi besorgte.

Mein Körper wurde ein weißglühender Hitzeball, der nur darauf wartete zu explodieren, während Kims Zunge mich weiter leckte. Sie kam zuerst. Einen Augenblick lang hielt sie inne, dann ein kurzes Zucken, und ihr warmer Saft rann über die Innenseite meines Handgelenks. Als sie den Höhepunkt erreichte, saugte sie heftig an meinem Kitzler und erzeugte die unglaublichste, köstlichste Spannung, die ich jemals erlebt habe. Als ich mich gehenließ und dem Orgasmus hingab, schmolz mein Körper dahin.

Vom Höhepunkt erschöpft, glitten wir in einen sanften Schlaf. Als ich erwachte, liebkoste Kim mit ihrem perfekten knabenhaften Schmollmund meine Brust.

»Bereit für die zweite Runde«, sagte sie schelmisch. Ich nickte, bereit für ihre Zunge, voller Gier, sie diesmal zu schmecken und zu riechen.

»Eine Sache noch«, meinte sie. »Die Kamera liebt dich. Es wäre furchtbar schade, wenn wir die Gelegenheit verstreichen ließen.«

Sie sprang auf, rannte zur Kamera und stellte wieder den Selbstauslöser ein. Als das wahllose Klicken der Blende einsetzte, streckten wir die Arme nach einander aus. Ich schob Kims Beine auseinander, starrte auf ihre wunderschöne rosa Muschi und machte mich bereit für die Darbietung meines Lebens.

Fetisch

Als ich Polly kennenlernte, arbeitete sie als Kellnerin in einem Restaurant in Oxford. Bei einem Kaffee erzählte mir die hübsche britische Studentin von einer erotischen Begegnung während ihres Auslandssemesters, als sie in einem Lokal der etwas anderen Sorte bediente. Ich fand ihre Geschichte so erregend und inspirierend, dass ich mir gleich am nächsten Tag eine komplette Fetisch-Garderobe zulegte. Das perverse Vergnügen von ein bisschen Leder und Gummi auf der Haut wird in jedem abgründige Begierden wecken. Das war bei Polly so, und bei mir hat es auch geklappt. Warum finden Sie nicht heraus, ob es auch bei Ihnen funktioniert?

Ich bestäube meine Brüste, Seiten und Unterarme mit Talkumpuder, damit ich mein hautenges Latex-Top leichter anziehen kann. Ich zwänge mich hinein und genieße den Moment, in dem meine Brüste unter dem engen, dehnbaren Material verschwinden. Mich vor dem Spiegel für die Arbeit in Schale zu werfen macht mir einfach Spaß. Heute Abend trage ich schwarz. Ich betrachte prüfend mein Spiegelbild, breitbeinig, nackt bis auf ein schwarzes Top, das wie eine zweite Haut an mir klebt, nein, eigentlich wesentlich enger, als meine Haut sitzt, denn winzige Fleischwülste quellen am oberen Rand des Bustiers heraus.

Es war an meinem ersten Arbeitstag gewesen, als ich zum ersten Mal Gummi trug. Ich hatte es mir einfach so übergezogen, ohne Babypuder, ohne Öl, das meine Haut vor dem schabenden Material hätte schützen können. Es dauerte ein paar Wochen, bis die roten Flecken wieder verschwunden waren.

Nicht, dass es jemanden gestört hätte. Die Kunden hier stehen darauf. Ich habe kohlrabenschwarzes Haar und einen Bubikopf à la Louise Brooks. Mein hübscher kleiner Busch, heute Morgen frisch rasiert, ist ebenfalls pechschwarz. Ich sehe geil aus. Es ist fast eine Schande, dass ich einen Rock anziehen muss, aber sogar ein so freizügiger Club wie meiner lässt keine halbnackten Kellnerinnen zu.

Ich lächle in mich hinein, während ich den Reißverschluss meiner schwarzen Leder-Hotpants schließe. Er befindet sich an der Seite, so dass sich das Kleidungsstück perfekt an meine kurvigen Hüften schmiegt. Ich trage kein Höschen darunter, denn die Pants sind so kurz und eng, dass kein Platz für Unterwäsche bleibt. Sie würde sich nur bauschen und die perfekte glatte Linie ruinieren. Ich mag es, wie das Leder meinen Hintern zu einem perfekten, durchgängigen Bogen formt. Und es gibt noch einen Grund, warum ein Slip unter den Hotpants nicht in Frage kommt. Sie sind komplett aus Leder, und wenn ich feucht werde – was oft passiert, denn ich bin ein sehr sexueller Mensch –, saugt das Leder meinen Saft nicht auf, sondern verteilt ihn, was mich noch geiler und noch feuchter macht.

Bevor ich die Stiefel anziehe, überprüfe ich meine Pediküre. Lilienweiße Füße, verziert mit dunkelrot lackierten

Zehennägeln. Meine kurzen gepflegten Fingernägel tragen denselben Farbton. Niemand wird meine Füße zu Gesicht bekommen, aber ich liebe die Gewissheit, dass mein Look von Kopf bis Fuß perfekt ist. Erst wenn ich mit meinen Füßen zufrieden bin, kommen die Stiefel dran. Oh, diese Stiefel! Ich möchte in ihnen begraben werden. Schwarzes PVC, schenkelhoch mit silbernen Pfennigabsätzen, die meinen Gang so sexy machen und meine Titten und meinen Po perfekt zur Geltung bringen. Als ich den Reißverschluss zuziehe, fühlt sich das kalte Plastik an meinen Waden an wie die zärtliche Liebkosung eines Lovers.

Ich bin fast bereit für den Ring. Nur der letzte Schliff fehlt noch, meine persönliche Handschrift. Die selbstgemachten Gummistulpen. Sie sehen aus wie lange Abendhandschuhe, nur dass meine Hände nicht bedeckt sind. Sie reichen vom Handgelenk bis zum Oberarm. Ich habe sie mir aus einem Streifen Gummi geschneidert, den ich in meinem Lieblingsfetischladen gekauft habe. Wenn ich sie trage, kann ich meine Arme nicht mehr richtig beugen. Ich liebe diese geringfügige Einschränkung: Auf diese Weise bin ich immer auf meine Arbeit konzentriert, ich fühle mich nie wirklich wohl in meiner Haut. Ich spüre, wie sich mein Fleisch langsam aufheizt. In wenigen Minuten wird der Schweiß das Talkumpuder durchbrochen haben und das köstliche Unbehagen einsetzen, das erst wieder nachlässt, wenn ich mich nach der Arbeit aus dem Kostüm zwänge und unter die Dusche steige.

Ein letzter Blick in den Spiegel, und ich trage den roten Lippenstift auf, der verkündet: »Fick mit mir, aber küss mich nicht.« Ich wirke kantig, geometrisch. Manchmal denke ich, das eigentliche Vergnügen besteht darin, diese Kleider anzuziehen. Natürlich treffe ich bei meiner Arbeit immer wieder Typen, die mir gefallen, und ich habe weiß Gott schon viele Angebote bekommen, aber ich mag meinen Job, und ich würde ihn nicht so einfach aufs Spiel setzen. Arbeit ist Arbeit. Sex kann ich in meiner Freizeit genug haben.

Ich bin mir nicht sicher, ob meine Mutter ihren Rat, mir mein Auslandsjahr an der Uni Hamburg mit Kellnern zu finanzieren, wirklich so gemeint hat. Jedenfalls hat sie keine Ahnung, dass ich im *Fetisch* auf der Reeperbahn mitten im Rotlichtviertel arbeite. Aber was soll's, ich wohne eben direkt über dem Club, ich lerne die Sprache und ich schenke ein gepflegtes Bier aus. Und weil ich ein hundert Prozent anständiges Mädchen bin, macht es nichts, wenn ich es mal fallen lasse.

Ein Blick auf die Uhr verrät mir, dass meine Schicht in sechzig Sekunden beginnt. Ich stakse auf meinen schwindelerregenden Absätzen die Treppe hinunter, trete durch die Tür mit dem Schild »Privat« in einen schummrigen roten Korridor – und dann durch einen Perlenvorhang: *Die Show beginnt!* Es ist zehn Uhr, aber die Nacht ist noch jung. Claudia, meine Chefin, arbeitet die gleiche Schicht wie ich und steht schon hinter dem Tresen. Als wir gegenseitig unsere »Uniformen« mustern, müssen wir beide loslachen. Vor mir steht mein Spiegelbild, nur farblich ist alles umgekehrt. Sie ist komplett in Rot gekleidet: Bustier, Hotpants und Stiefel. Dazu trägt sie eine phantastische blutrote Kurzhaarperücke, die ich noch nie an ihr gesehen habe. Sie sieht toll aus. Sie hat sogar schwarzen Lippenstift und Nagellack aufgetragen. Ihre üppigen Titten sind in Latex eingesperrt, das ihr die Brust zuschnürt und der Haut die Luft zum Atmen nimmt.

»Du siehst sensationell aus!«, sage ich zu ihr.

»Danke«, antwortet sie.

Claudia hat es sich zur Aufgabe gemacht, meine Deutsch-kenntnisse aufzubessern, bevor das Semester losgeht. »Wir müssen heute Abend darauf achten, dass wir die meiste Zeit zusammenbleiben. Wenn die Gäste erst mal bemerkt haben, wie wir nebeneinander aussehen, werden sie uns das Trinkgeld hinten und vorn in die Klamotten stopfen.«

»Ach herrje!«, sage ich und mache ein trauriges Gesicht. »Ich glaube nicht, dass ich noch irgendetwas zwischen meine Haut und diese Kluft kriege.«

»Wo ein Wille ist, ist auch ein Weg!«, erwidert Claudia und wendet ihr strahlendes Lächeln einem neuen Gast zu.

Als ich Claudia zum ersten Mal sah, hauten mich ihr Selbstvertrauen und ihre Frechheit regelrecht um. Eine Zeit-lang war ich sogar ein bisschen verknallt in sie, doch passiert ist nie etwas, worüber ich heute sehr froh bin. Grundsätzlich bin ich für alles zu haben, aber wenn es um Sex geht, geht nichts über einen Schwanz.

Ich nehme ein Tablett, gehe um die Bar herum, sammle ein paar leere Gläser ein und säubere die Tische. Sie würden sich wundern, was ich in diesem Job schon alles von den Möbeln wischen musste. Uns ist es nicht gänzlich fremd, dass manche Paare seitlich neben der Bühne vögeln in dem Glauben, man könne sie nicht sehen, oder sich gierige Hände unter den Tischen Erleichterung verschaffen. Natürlich kann ich nicht sehen, was unter den Tischen passiert, aber das Gesicht verrät mehr als der Rest des Körpers. Inzwischen kann ich aus zwanzig Meter Entfernung erkennen, wer gerade einen Orgasmus hat – allein am Gesichtsausdruck. Anfangs machte mich das an, aber mittlerweile lässt es mich ziemlich kalt.

Wenn es so voll ist wie heute, vergehen die Stunden wie im Flug. Es ist die übliche Klientel, Fetisch-Anhänger, von denen ich die meisten kenne und grüße. Zum Beispiel diesen Typ namens Antoine, der ursprünglich aus Frankreich kommt, aber ein so leidenschaftlicher Anhänger der Bondage-Szene ist, dass er hierhergezogen ist. Er ist allerdings nicht mein Typ. Er hat einen glatten, schlanken Körper, und ich stehe eher auf raue, haarige, ungewaschene Männer.

Ich verbringe eine Weile hinter dem Tresen und unterhalte mich mit Helena und Guy, einem Paar in den Dreißigern, die sich in unseren Club davonstehlen, sooft sie einen Babysitter auftreiben können, um die Zeit ihrer Jugendliebe wieder aufleben zu lassen. Helena passt noch immer in ihre Original-Achtzigerjahre-Klamotten. Guy erzählt, wie er eine geschlagene Stunde damit zubringt, sie in die Montur zu schnallen, und nicht weil es so mühsam wäre, die verschiedenen Häkchen und Schnallen zu schließen, sondern weil er beim Anblick seiner in Gummi gefesselten Frau so geil wird, dass er sie gleich zweimal durchvögeln muss, einmal in die Muschi und einmal in den Mund. Dabei spart er wahrlich nicht an Details, so dass meine Brustwarzen unter dem Gummi-Bustier hart und heiß werden.

Der übliche Haufen von Touristen in Straßenkleidung ist auch heute wieder da. Er lässt sich in zwei Kategorien einteilen: Die einen blicken sich um, laufen rot an oder stammeln eine Entschuldigung, dann machen sie auf dem Absatz kehrt und rennen zur Tür hinaus. Die anderen bekommen große Augen, schieben sich aber langsam durch das Gewimmel, sehen sich die bunte Mischung von Leuten an und gehen allmählich mit der dröhnenden Industrial-Mucke mit, während sie sich ein Bier bestellen. Ich lege immer besonders großen Wert darauf, mich gerade mit diesen Gästen zu unterhalten und dafür zu sorgen, dass sie sich wohl fühlen. Und nicht nur, weil ich ihr Trinkgeld will. Diesen Job macht man nur, wenn man sich generell für Menschen und ihre Eigenheiten interessiert. Am liebsten sind mir die Gäste, die morgens um 4 Uhr in Jeans und T-Shirt auftauchen und nach ein paar Tequilas wie wild mit einem Fetisch-Freak in Ganzkörperlatex herumknutschen. Es geht nichts über deine erste Nacht in der Welt der Ticks und Spleens.

Erst um Mitternacht geht es richtig los: Die Tische sind rappelvoll, überall wogendes Fleisch in schwarzer und roter Montur. Mit dem Tablett auf der Schulter, bahne ich mir meinen Weg durch die Menge, wobei die nackte Haut an meinen Schenkeln und an meinem Bauch das eine oder andere Outfit streift. Ich genieße die gelegentlichen Berührungen, sie geben mir das Gefühl, lebendig zu sein. Wir drehen die Musik so laut auf, dass wir uns gegenseitig die Worte von den Lippen ablesen müssen und die Bässe in der Muschi spüren, wenn wir zu nahe an den Lautsprechern stehen. Eine Gruppe von Tänzern beginnt sich auf der winzigen Tanzfläche zu bewegen, Männer und Frauen, deren Schweiß sich in Pfützen unter der beengenden Kleidung sammelt. Der Geruch von Haut und Gummi ist geil und erregend. Ich blicke mich in dem überfüllten Raum um, immer auf der Suche nach leeren Gläsern oder vollen Aschenbechern. Heute Abend sind nicht viele Touristen da, nur die übliche *Fetisch*-Clique, alte Freunde, die sich begrüßen. Auch neue Freundschaften werden geschlossen, hier und da entwickeln sich kleine Flirts und Affären. An Abenden wie heute habe ich den besten Job der Welt. Ich lasse meinen Blick wieder durch den Raum schweifen, diesmal betrachte ich die Gesichter der Leute. Entspannung, Erregung, Beklommenheit, Abenteuer – jedes Gesicht erzählt eine andere faszinierende Geschichte.

Dann muss ich zweimal hingucken. In der Menge stoße ich auf ein Gesicht, das nicht mitspielt, das niemanden beobachtet. Männlich, Anfang zwanzig, blass, fast aristokratisch, ein typisch britisches Gesicht mit eisigen blauen Augen, die nicht lächeln. Dichtes hellbraunes gewelltes Haar streift den Ansatz seines schwarzen Rollkragenpullis. Dazu trägt er eine schwarze Feincordhose und schicke Stiefel. Ich sehe es den Klamotten an, dass sie aus Kaschmir, feiner Baumwolle und aus dem weichsten Nubukleder sind. Ich weiß nicht, was ich von ihm halten soll. Er sieht eher aus wie ein geflüchteter Bibliothekar als ein Clubber oder Stammgast der Fetisch-Szene. Er sieht gebildet aus. Reich. Sogar ein bisschen verklemmt. Was zum Teufel macht der denn hier? Ich beschließe, das Eis zu brechen.

»Hallo«, spreche ich ihn auf Deutsch an, während ich mich zwischen den Tischen zu ihm durchschlängele. »Wie geht's? Was trinken Sie? Kann ich Ihnen noch eins bringen?«, frage ich ihn, obwohl sein Bier so gut wie unberührt ist. »Sind Sie zum ersten Mal hier?« Je näher ich seinem Tisch komme, desto mehr sprudelt aus mir heraus. Ein Zeichen, dass ich nervös bin. Etwas an dem biederen jungen Mann fesselt mich. Ich mag seinen Geruch. Ich mag sein Gesicht. Zum ersten Mal seit Jahren erinnert mich wieder etwas an die Willkür und unwiderstehliche Anziehungskraft der sexuellen Chemie. Ein plötzlicher Anfall von Begierde und ein Adrenalinstoß setzen mich außer Gefecht, ich schwanke, mir läuft es kalt den Rücken hinunter, fast lasse ich das Tablett fallen. Als er seine weichen Lippen öffnet, um etwas zu sagen, überrumpelt mich ein vertrautes Flattern in der Muschi.

»Ich bin Florian«, sagt er, ohne auf meine Fragen einzugehen. »Und du bist sehr schön.« Er legt eine Hand auf meinen nackten Bauch. Normalerweise würde ich dieses Verhalten von einem Kunden, den ich nicht kenne, nicht tolerieren (und auch nicht von einem, den ich kenne). Ich würde ihm eine Ohrfeige geben, und Claudia und ich würden ihn eiskalt vor die Tür setzen. Schließlich bin ich eine Kellnerin und keine Hostess.

Aber aus irgendeinem Grund schrecke ich vor seiner Berührung nicht zurück. Als seine Fingerspitzen, kleine Blitzableiter sexuellen Verlangens, auf meinen Bauch treffen, spüre ich, wie ein versengender elektrischer Schlag durch meinen Körper zuckt. Er bemerkt, wie die Brustwarzen unter meinem Top zu harten Knospen anschwellen. Ich schnappe nach Luft, während eine heiße, klebrige Flüssigkeit aus meiner Muschi rinnt und sich im Zwickel der Ledershorts sammelt. Es geht alles irre schnell. Normalerweise brauche ich ein paar Dates, ein bisschen Herumalbern und Rumknutschen, bis ich so heiß bin.

Florian hakt einen Finger unter den Rand meines Bustiers und dehnt den Gummi ein wenig, so dass ein kühler Lufthauch von unten zwischen meine brennenden Brüste fährt. Dann lässt er den Gummi auf die Haut zurückschnellen. Ein beißender Schmerz, der mir gefällt. Der mir zu sehr gefällt. Ich habe das Gefühl, nicht mehr Herr der Lage zu sein. Ich muss mich dringend abkühlen und ziehe mich zurück, dränge mich durch die Menge, nehme Bestellungen auf und plaudere mit den Stammgästen.

Ich arbeite härter als sonst, stelle sicher, dass die Bar gut gefüllt ist, wische den Tresen ab, sammle Gläser ein, aber ich überlasse es Claudia, sich um Florian zu kümmern. Ich beobachte einige Male, wie sie ein frisches Bier vor ihn hinstellt. Er berührt sie nicht, starrt sie nicht an, sondern behandelt sie respektvoll und distanziert. Mich aber durchbohrt er mit Blicken, brennt Löcher in mein Fleisch, die so real und heftig sind wie der Schmerz, als er mein Top zurückschnellen ließ. Vor dem Spiegel hinter dem Tresen ziehe ich mit zittrigen Händen meinen Lippenstift nach. Im dunklen Meer von Gesichtern entdecke ich seine hellen Augen, deren Blicke auf mich gerichtet sind. Die starken Gefühle für jemanden, den ich überhaupt nicht kenne, machen mir Angst. Ich fürchte mich vor dem, was passieren könnte, wenn ich dem unerhörten Impuls nachgebe – ihm die edlen Kleider vom Leib reiße, während er mich aus meinem Kostüm befreit. Ich komme mir vor, als hätte ich ein mir unbekanntes Medikament geschluckt und wüsste nicht, mit welchen Nebenwirkungen ich zu rechnen habe. Ich meide ihn einfach und hoffe, es geht von allein wieder weg.

Ich gehe gerade zur Damentoilette, um dort nach leeren Gläsern zu sehen, als er aus der Herrentoilette kommt.

»Ich habe noch nie so weiße Haut unter schwarzem Leder gesehen«, sagt er, ohne mich zu berühren, obwohl ich mich diesmal so danach sehne, dass ich mich wirklich zusammenreißen muss, um nicht einfach seine Hand zu nehmen und auf meine nackte Haut zu legen. »Ich kann die Umrisse deiner Brustwarzen sehen«, fährt er fort. »Sie sind groß und werden immer noch größer, während ich mit dir rede. Aber ich frage mich, welche Farbe sie haben. Sind sie blass wie deine Schenkel? Dunkel wie dein Haar und deine Augen? Oder rot wie deine Lippen?«

Ohne eine Antwort abzuwarten, macht er auf dem Absatz kehrt und lässt mich schwer atmend und so heftig zwischen den Beinen pochend zurück, dass ich glaube, meine geschwollene Muschi müsse sich in den hautengen Hotpants abzeichnen, meine Erregung für aller Augen sichtbar sein. Meine Konzentration ist für den Rest des Abends dahin. An der Kasse verschwimmen die Zahlen vor meinen Augen.

»Ist alles in Ordnung mit dir?«, erkundigt sich Claudia, als ich sogar die Getränkebestellungen durcheinanderbringe.

»Alles okay«, erwidere ich. »Nur ein bisschen heiß hier, das ist alles.«

»Mach mal eine Pause«, sagt sie. »Ich komm schon allein zurecht. Du hast so hart gearbeitet, dass hier drin alles blitzt und glänzt und die Gäste für die nächste halbe Stunde genug auf dem Tisch haben. Geh ein bisschen frische Luft schnappen.«

Ich versuche zu widersprechen, aber sie gibt mir einen Klaps auf den Oberschenkel und scheucht mich durch den Hinterausgang hinaus. »Das ist ein Befehl!«, ruft sie. »Ich brauche eine Bedienung, die auf Zack ist. Also raus!«

Ich schlüpfe durch den Perlenvorhang und die Personaltür in die verhältnismäßig kühle und frische Luft des Holztreppenhauses, das den Club mit meiner Atelierwohnung verbindet. Dankbar für den Lufthauch auf meiner Haut, lasse ich mich auf die Treppe plumpsen. Ich lausche dem Bumm-Bumm der dröhnenden Technomusik, das durch die Wand ins Treppenhaus dringt, und meine pulsierende Muschi scheint den Rhythmus aufzunehmen. Ich wiege mich vor und zurück. Klitoris und Schamlippen werden vom Leder meiner Hotpants so eingezwängt, dass ich das Gefühl habe, es würde schon ausreichen, meine Schenkel zusammenzupressen und eine halbe Minute sitzend vor- und zurückzuschaukeln, um mich zum Orgasmus zu bringen und wieder zur Arbeit zurückzukehren. Niemand schaut mir zu. Also los. Ich schließe die Augen, beuge meinen Körper vor und zurück, vor und zurück, vor und zurück, und spüre, wie der Höhepunkt zwischen meinen Beinen aufwallt, während mir der kalte Schweiß über Arme und Beine rinnt.

Sekunden bevor ich abhebe, lässt mich das Rascheln des Vorhangs die Augen öffnen. Wie zum Teufel ist er hierhergekommen? Er muss mir gefolgt sein.

»So«, sagt er, als hätte ich auf ihn gewartet, und in gewisser Weise hatte ich das auch. »So.« Er geht auf mich zu, bis seine Hüften auf einer Höhe mit meinen Augen sind.

Er streckt seinen langen, eleganten Finger aus und streicht damit über meine Brüste. Der feuchte Latex macht ein quietschendes Geräusch. Die Haut unter meinen Kleidern verwandelt sich in Eis, dann in Feuer. Er findet meinen Nippel und drückt ihn hinein, wobei sein Finger eine kleine Mulde in mein rundes Fleisch gräbt. Gerade als es anfängt weh zu tun, lässt er los.

Er nimmt meine gleicherweise in Latex eingesperrten Handgelenke und hebt sie mir über den Kopf. Ich lasse ihn gewähren. Ich bin bereit, ihn alles mit mir machen zu lassen. Ohne Vorwarnung zieht er mich hoch. Ich bin recht groß in meinen hochhackigen Schuhen, so dass wir uns für ein paar Sekunden auf Augenhöhe gegenüberstehen. Dann fletscht er die Zähne und stürzt sich wie ein Vampir auf meine Brüste, beißt durch den Gummi in meinen Nippel und lässt mich vor Entzückung so laut aufschreien, dass ich sicher bin, man kann mich im Club hören.

Er fährt mit der Zunge den Saum meines Tops entlang

113

und leckt, küsst und saugt sich seinen Weg bis hinauf zum Schlüsselbein, dann hält er inne und atmet den Duft meiner Achselhöhle ein. Er gleitet mit der Zunge unter den Rand meiner Armbinde, massiert mit den Händen meine nackten Hüften, während mich sein Mund gierig verschlingt.

»Ich will deine Titten sehen«, sagt er und zerrt an meinem Bustier, zieht den Gummi gewaltsam nach unten und weg von meiner Haut. Mein Fleisch brennt, als er mir das Top mit einem einzigen schnellen, unerbittlichen Handgriff von den Brüsten reißt. Das Bandeau rollt sich in meiner Körpermitte ein, so dass die Haut darüber und darunter herausquillt. Ich blicke auf meine entblößten Brüste. Ohne den festen Halt des Bustiers sind sie zwei bis drei Zentimeter weiter unten und ungefähr dreimal so groß. Die weiße Haut ist mit roten Bissspuren und Scheuerstellen gezeichnet, und die Brustwarzen, normalerweise blassrosa, sind vergrößert und haben einen pinkfarbenen Ton angenommen. Sie schwellen sofort an und werden hart, lechzen nach Florians Lippen. Er tut ihnen den Gefallen und beugt sich herunter, um sie zu beißen, aufzusaugen, einzuatmen. Als seine Zunge um meinen Warzenhof kreist, weiß ich, dass er ebenso wie die natürlichen Absonderungen meines Fleisches den bitteren Nachgeschmack des Latex-Bustiers genießt.

»Du schmeckst und riechst so wunderbar, wie du aussiehst«, knurrt er. »Und bald werde ich auch wissen, wie es sich anfühlt dich zu vögeln. Aber zuerst muss ich noch mehr Haut sehen.« Sein Blick huscht den engen Flur entlang, in dem sich die Getränkekästen stapeln, und stößt auf ein kleines Cuttermesser, das wir zum Öffnen der Kartons benutzen. Ein grausames Lächeln erscheint auf seinem Gesicht. Es macht mich heiß, versetzt mich aber auch in Panik.

Ich bin so aufgegeilt, dass ich mit allem einverstanden bin …
aber mich *schneiden* zu lassen?

Ich stelle fest, dass er gar nicht *mich* schneiden will. Florian führt das Messer erst unter eine Armbinde, dann unter die andere, und schlitzt die engen Fesseln auf. Die kalte Klinge reizt meine Haut, als plötzlich der Gummi zurückschnellt und meine feuchten blassen Arme der kühlen Nachtluft preisgibt.

Er drückt mich wieder hinunter auf die Treppe, und mein nackter Rücken berührt die kalten, harten Stufen. Mein vom Latex ohnehin wundes Fleisch scheuert an der rauen Holzoberfläche. Florian kniet sich zwischen meine Beine, legt den Kopf in meinen Schritt und schnüffelt wie ein Hundebaby.

Ich kann selbst riechen, wie geil ich bin, und er riecht es auch. Es treibt ihn zum Wahnsinn, er beißt mich in den Schritt meiner Hotpants, versucht den Zwickel zur Seite zu ziehen und mich mit seiner Zunge zu ficken, aber die Hose ist zu eng. Es gelingt ihm nicht.

Meine Klit pocht so stark, dass ich glaube, ohnmächtig zu werden, wenn ich ihn nicht sofort zu spüren bekomme, auf mir, in mir, jetzt, sofort. Er zerrt mit den Händen an dem Leder, seine Finger graben sich schmerzhaft in das zarte Fleisch meiner Schenkel, während er erfolglos mit der unnachgiebigen Tierhaut kämpft. Ich packe seine Hände und führe sie an die seitlichen Reißverschlüsse, durch die sich die Hotpants so eng an meinen Körper schmiegen. Er hakt die Zeigefinger in die Ösen und zieht die Reißverschlüsse auf, schält mich aus der engen Haut und entblößt meinen klatschnassen Busch und eine flammend rote geschwollene Muschi.

Er berührt meine Klit mit der Nasenspitze. Sein warmer

Atem auf meiner Haut gepaart mit dem Geruch meiner eigenen Muschi ist das reinste Aphrodisiakum, das ich je probieren durfte. Während er mit der Nase gegen meine Klit stupst, leckt er gierig so viel Saft aus meiner zuckenden Möse, wie er bekommen kann. Ich bin so scharf und so nass, dass ich alles, was er aufsaugt, sofort wieder produziere. Als er mit der Zunge ein paar Zentimeter in meine Spalte eindringt, bin ich gefährlich nah am Orgasmus. Ich möchte kommen, aber ich will ihn dabei *in mir* haben.

In diesem Moment zieht er den Kopf zurück, fummelt an seinem Hosenschlitz, und ein praller, glatter Schwanz springt heraus, der ein paar Zentimeter vor meinem Gesicht wippt. Ich starre auf die schöne seidige Haut und die einzige Ader, die pochend und pulsierend über die gesamte Länge verläuft.

»Ich kann mich nicht entscheiden, ob ich dich in den schönen roten Mund oder in die schöne rote Möse ficken soll«, sagt er versonnen. Ich will ihn gerade anflehen, mich in die Muschi zu vögeln, da schiebt er seinen Schwanz zwischen meine Lippen, stößt heftig gegen die Rückseite meiner Kehle und bringt mich zum Schweigen. Ich bin wehrlos, wie ich da bis auf die Stiefel nackt vor ihm sitze und er mich in den Schlund fickt. Mein Körper wird weich, er kann mit mir machen, was er will. Als ich das Gefühl habe, gleich ohnmächtig zu werden, zieht er seinen Schwanz aus meinem Mund. Ein roter Lippenstiftabdruck ziert die Peniswurzel und die Oberseite seiner Eier. Er zieht mich an den Haaren hoch, so dass ich wieder vor ihm stehe, und ohne meine Haare loszulassen, stößt er seinen großen harten Ständer zwischen meine Beine. Unsere Körper sind wie füreinander gemacht, wir passen perfekt zusammen, und als er mich ganz ausfüllt, entfährt mir ein lustvolles Wimmern. Ich lehne mich gegen ihn, unsere Körper sind eng aneinandergepresst, meine Titten an seiner Brust, meine Klit an seinem Körper scheuernd. Ich habe meinen Orgasmus lange genug zurückgehalten, denke ich noch, als er wieder und wieder und wieder in mich stößt. Dann komme ich, einmal, zweimal, dreimal: Ein Tsunami der Lust durchflutet meinen Körper. Ich will den Strahl seines Safts spüren, wie er mein Inneres erwärmt, doch er zieht ihn heraus und spritzt auf meiner Brust ab.

Aus Florians Schwanz quillt noch der perlweiße Saft, als er mir das Bustier wieder hochzieht und es so über meine Titten zwängt, dass sein Samen zwischen meiner Haut und der dünnen Latexschicht gefangen ist. Als ich mir die Ledershorts hochziehe, küsst er sachte meinen Bauch. Die sanfte Liebkosung bringt mich allmählich wieder auf den Boden der Realität zurück, lindert die Brandflecken seiner ersten Berührungen. Schließlich wischt er die Lippenstiftschmiere aus meinem Gesicht. Ohne noch einmal zurückzublicken, entwischt er durch den Vorhang und geht zurück in den Club, lässt mich auf der Treppe zurück, mit kribbelnden Gliedern und dem erkaltenden Sperma auf meinen Brüsten und in meinen Shorts.

Als ich in den Club zurückkehre, sieht Claudia mich durchdringend an. »Warum bist du schon wieder da?«, tadelt sie mich. »Ich habe doch gesagt, nimm dir mindestens eine Viertelstunde!« Und dann, mich von oben bis unten musternd, fügt sie hinzu: »Was ist denn mit deinen Armbinden passiert?«

Ich blicke ungläubig auf die Uhr. Ich war nicht einmal fünf Minuten draußen. Nur die klebrige Wichse auf meiner Haut und der Geschmack seines Schwanzes auf meinen Lippen verraten mir, dass ich mir das Ganze nicht eingebildet habe. Ich lasse den Blick durch das Lokal schweifen. Es wimmelt von fröhlichen, lachenden Menschen. Er ist nicht unter ihnen. Aber er wird wiederkommen. Ich weiß es.

Kapitänsdinner

Wer hat nicht schon einmal von einer Welt geträumt, in der alles möglich ist, in der man seine extremsten sexuellen Wünsche aussprechen kann, ohne dafür verurteilt zu werden, in der ein unerschöpflicher Vorrat williger Lover rund um die Uhr zur Verfügung steht? Es klingt zu gut, um wahr zu sein, aber es gibt solche Orte. Man muss nur wissen, wo man suchen muss.

Charmaine hatte schon immer davon geträumt, ihresgleichen zu finden, Gleichgesinnte, die sich gegenseitig sinnliche Erfahrungen bereiten wollten und die es ihr erlaubten, ihre Lust auf immer neue Männer und Frauen zu befriedigen. Als ihr Lover ein Kreuzfahrtschiff ausfindig machte, das grundsätzlich nur Erwachsene an Bord nahm, ging ihr Wunsch in Erfüllung. Ihre Phantasie von einem Himmel auf Erden, besser gesagt, auf See, wurde wahr …

»Eine Kreuzfahrt?« Ich sah Ben ungläubig an. Er war eigentlich mein Sexsklave, mein Komplize, mein schöner Junge. Und nun sollte unser erster Urlaub seit Jahren eine Kreuzfahrt sein? Wir, umgeben von fetten alten bingosüchtigen Frauen und noch älteren Männern, die sich in Netzhemden sonnten? »Du hast eine Kreuzfahrt gebucht? Und was bitte kommt als Nächstes? Schrankwand und Gartenzwerge?«

Enttäuscht stürmte ich die Treppe hinauf ins Schlafzimmer. Ich bereute meine Entscheidung, die Urlaubsplanung ihm überlassen zu haben. Ich wollte an einen Ort, an dem es exotisch, vulgär, sexy war, auf die Malediven vielleicht, ein bisschen sinnlichen Luxus, oder in eine pulsierende Stadt voller Sexclubs wie Paris. Aber eine verdammte *Kreuzfahrt*?

Ben nahm meinen Ausbruch gelassen hin. »Vertrau mir, Charmaine«, sagte er. »Ich verspreche dir, es wird ganz toll werden. Habe ich dich jemals enttäuscht?«

Natürlich nicht. Bens Überraschungen waren immer extrem sexy und kreativ. Etwas so Banales wie eine Kreuzfahrt sah ihm absolut nicht ähnlich.

Ben eilte hinter mir her die Stufen hinauf und hielt mir eine Broschüre hin.

»Vertrau mir«, wiederholte er. »Schau dir einfach mal in Ruhe an, was uns auf dem Schiff erwartet. Und dann bin ich gespannt, ob du immer noch an Gartenzwerge denkst.«

Er schob mir eine dünne Hochglanzbroschüre über die Bettdecke zu. Anstelle der erwarteten Männer und Frauen mittleren Alters zeigte das Titelblatt einen Haufen prächtiger, sonnengebräunter Körper, die ineinander verschlungen auf einer Liege in der Sonne badeten. Und dann las ich die Überschrift: »Das Swinger-Schiff« stand da. »Die Kreuzfahrt, auf der *alles* möglich ist.«

Neugierig geworden, blätterte ich das Heft durch und stellte fest, dass es sich nicht im Allergeringsten um eine x-beliebige banale Mittelmeerkreuzfahrt handelte. Sondern vielmehr um eine Sexkreuzfahrt, ein schwimmendes Paradies für Paare, die mit sich und ihrem Körper experimentieren wollten – und mit anderen Leuten. Endgültig weckte das Schiff mein Interesse, als ich beim Weiterlesen von einem

Nachtclub erfuhr, in dem Bekleidung optional war, von einem riesigen Saunakomplex und luxuriösen Kabinen mit Betten, groß genug für sechs oder sieben Leute. Hochglanzaufnahmen von jungen, attraktiven Paaren aus ganz Europa illustrierten die Broschüre. Die Vorstellung, einer Orgie beizuwohnen, hatte mich schon immer gereizt, und jetzt hatte Ben beschlossen, dass ich meine Phantasien wirklich ausleben sollte. Ich malte mir Ben und mich unter diesen Leuten aus und sah zu ihm hoch. Er stand mit einem siegessicheren Lächeln im Türrahmen.

»Du Schlingel!«, sagte ich. »Jetzt komm schon her und lass mich danke sagen.« Ich zog den Rock hoch, und wir vögelten an Ort und Stelle auf dem Bett. Ben lag auf mir, sein großer kräftiger Körper raubte mir den Atem, während er mir ins Ohr flüsterte, wie geil es sein würde, anderen Paaren beim Vögeln zuzusehen. Er erzählte mir, dass er es gar nicht erwarten könne, vor all den anderen Männern mit mir anzugeben. Während er weitersprach, verlor ich mich immer mehr in meinen Wachträumen. Als ich kam, ungefähr eine halbe Minute nachdem mich sein Schwanz durchbohrt hatte, war es der heftigste, süßeste Orgasmus seit Jahren.

Im Vorfeld unserer Reise stattete ich meiner Lieblingsboutique einen Besuch ab und kaufte mir ein paar ultraschicke Designer-Bikinis, sexy Teile aus Lycra in leuchtenden Farben, die nur durch dünne Bänder und Streifen aus Spitze zusammengehalten wurden. Von meinem Körper blieb nichts der Phantasie überlassen. Wenn ich aber schon die ganze nächste Woche sehr wenig anhaben würde, dann sollte dieses Wenige wenigstens sensationell sein.

Immer wieder las ich mir die Broschüre von vorn bis hinten durch und fragte mich immer aufgeregter, welche Angebote und Programmpunkte ich wohl am meisten genießen würde. Ich nahm mir vor, alles auszuprobieren – vom Swinger-Sex im Schiffskerker über die textilfreie Sauna bis zum Nacktbaden. Alles. Oh, Ben und ich würden den Urlaub unseres Lebens miteinander verbringen! Den ganzen nächsten Tag war ich praktisch dauerfeucht. Schon der bloße Gedanke an unser bevorstehendes Abenteuer reichte aus, um mich geil zu machen. Ich hätte zehnmal am Tag mit Ben vögeln können, aber ich beschloss, Enthaltsamkeit zu üben, damit die köstliche Spannung weiter stieg. Wir sprachen nicht darüber, aber ich wusste, dass es Ben genauso erging – nach fünf Jahren kannten wir uns in- und auswendig.

Wir flogen nach Südfrankreich und gingen nahe Nizza in einem Privathafen an Bord. Ich hatte nie zuvor in so unmittelbarer Nähe vor einem Kreuzfahrtschiff gestanden. Es war riesig, wie ein schwimmendes Hotel. Die erleuchteten Fenster funkelten, und die Vorahnung, was uns alles an Deck erwartete, überwältigte mich. Als wir den Landungssteg hinaufgingen, begegnete uns ein außergewöhnlich bezauberndes Paar, das uns schon im Flugzeug aufgefallen war. Beide waren groß und schlank, er hatte einen dunklen Teint und stechende blaue Augen unter tiefschwarzen Augenbrauen, während sie im Vergleich extrem blass wirkte und ihre langen roten Haare sich in flammenden Wellen über den Rücken ergossen.

»Also«, meinte Ben, dem nicht entging, wie ich sie mit Haut und Haaren verschlang, »wenn die Klientel hier so sexy ist, werden wir uns ganz bestimmt ganz ausgezeichnet unterhalten.«

Unsere Kabine war so schön, wie es der Prospekt angekündigt hatte. Sie war im Gothic-Style eingerichtet, dunkel und dramatisch. An den tiefroten Wänden hingen gewölbte Spiegel und von der Decke ein schwarzer schmiedeeiserner Kronleuchter. Dominiert wurde die Kabine von einem riesigen Eisenbett. Alles fühlte sich wahnsinnig spannend und aufregend an, doch als wir uns schließlich zum Essen umzogen, wurden wir auch ein bisschen nervös. Wir hatten ständig über diesen Augenblick geredet und über das, was er uns bot, aber nun, da wir tatsächlich hier waren, fühlten wir uns wie zwei Kinder am ersten Schultag. Vielleicht würden die anderen Paare nicht mit uns spielen wollen? Vielleicht würden wir nicht mit ihnen spielen wollen? Wir wünschten uns eine heitere erotische Atmosphäre, in der alles erlaubt war – was aber, wenn die Vorstellung anderer Leute vom Partnertausch düster und unheilvoll war? In unsere Neugier und Erregung mischte sich Beklommenheit.

Als wir unsere Kabine verließen, fühlten wir uns gleich besser. In den Gängen und auf Deck herrschte allgemeine Ausgelassenheit, alle lächelten und begrüßten einander. Die Sonne ging gerade unter, als es Zeit für den Aperitif war, und es war nicht zu übersehen, dass sich alle in Schale geworfen hatten. Frauen und Männer trugen eine gleichermaßen gewagte Garderobe, und eine heitere und ungezwungene Atmosphäre breitete sich ringsum aus.

Das Abendessen war eine hochoffizielle Angelegenheit, die im großen Bankettsaal stattfand. Wir nippten an unseren Cocktails und studierten auf der Suche nach unseren Namen die Sitzordnung. Schließlich nahmen wir gegenüber von Willem und Nina Platz, einem sympathischen Paar aus Holland. Sie waren Ende zwanzig wie wir, aber schon zum dritten Mal auf dem Schiff. »Wir haben nicht vor, noch einmal anderswo Urlaub zu machen«, erklärten sie.

Doch bevor sie uns von ihren Erfahrungen berichten konnten, schlug jemand mit der Gabel gegen ein Weinglas, woraufhin alle verstummten und sich der Bühne am Ende des Saales zuwandten. Ein umwerfend gutaussehender Mann mit kurzem hellbraunem Haar erschien auf einem kleinen Podium. Er trug eine traditionelle weiße Kapitänsuniform inklusive Schirmmütze, und neben ihm stand eine schöne Asiatin, deren aufwendig gefärbte Strähnchen denselben Farbton hatten wie ihr samtiger, ebenmäßiger Teint.

»Meine Damen und Herren«, sagte der Uniformierte ins Mikrophon. »Hallo und willkommen zur besten Woche Ihres Lebens. Ich bin Adam, der Kapitän Ihres Schiffs. Das ist meine Frau Suki.« Bei dem Stichwort hob Suki anmutig ihren schlanken Arm und winkte. »Sie erwartet in dieser Woche ein tolles Programm, das wir für Sie vorbereitet haben. Sollten Sie Fragen dazu haben, können Sie uns selbstverständlich jederzeit ansprechen. Es liegt nämlich ganz bei Ihnen: Sie können so wenig in Anspruch nehmen, wie Sie wollen, oder so viel, wie Sie zu leisten imstande sind.« Ein gedämpftes Lachen erfüllte den Saal. »Bevor es endlich losgeht, möchte ich Sie kurz mit ein paar Regeln auf dem Schiff vertraut machen. Allem voran: Sie sind mündige Erwachsene, die sich freiwillig für diese Kreuzfahrt entschieden haben. Wir sind alle hier, um uns zu amüsieren. Daher hat niemand das Recht, ein Urteil über das zu fällen, was andere mündige Erwachsene zu ihrem Vergnügen tun. Wir sind hier, um der engstirnigen Moral unserer Umwelt zu entfliehen, den Vorurteilen all der armen Teufel, die nicht verstehen, wie weit man es mit dem Liebesspiel und all den wunderbaren Empfindungen unseres Körpers treiben kann.« Es gab kurzen Beifall, und ein paar Leute jubelten auf. »Aber diese Regel gilt natürlich auch andersherum«, fuhr Adam fort. »Zu keinem Zeitpunkt darf ein anderer Gast zu etwas gedrängt werden, wenn er sich nicht wohl dabei fühlt. An Bord befolgen wir eine einfache Regel: Wenn Sie sich mit einer Sache oder einer Person unwohl fühlen, ziehen Sie sich bitte zurück und sagen Sie, nein, das sei nichts für Sie. Die Nichtbeachtung der Intimsphäre anderer Gäste führt dazu, dass wir Sie von der Kreuzfahrt ausschließen müssen.«

Ben schob den Arm um meine Taille. Ich merkte, dass er seine Nervosität abgelegt hatte und ebenso wie ich immer neugieriger und aufgeregter wurde. Schon Adams Reglement für die Aktivitäten an Bord machte mich an. Ich spürte, wie meine Brustwarzen allmählich härter wurden, ergriff Bens Hand und führte sie zwischen meine Beine, so dass er das leise Pochen meiner erwachenden Klitoris spüren konnte.

Jetzt trat Suki ans Mikro.

»Das ist wirklich schon alles, worauf wir Sie hinweisen müssen«, sagte sie. »Aber natürlich stehen wir Ihnen für Fragen jederzeit zur Verfügung. Und eins noch zur Erinnerung: Sie haben einen All-Inclusive-Urlaub gebucht. Das heißt, dass Sie Speisen, Getränke, Kondome und Gleitgel an Bord nicht bezahlen müssen. Bitte bedienen Sie sich nach Lust und Laune und nehmen Sie sich, so viel Sie wünschen. Und nun wünsche ich Ihnen einen wundervollen prickelnden Urlaub voll mit neuen sinnlichen Erfahrungen!«

Diesmal fiel der Beifall schon fast tosend aus, und auch Ben und ich fielen ein.

Während wir uns das Steak schmecken ließen, plauderten wir ausgiebig mit Willem und Nina. Was sie zu berichten hatten, faszinierte mich.

»Adam und Suki sitzen am Kapitänstisch«, erklärte Nina.

»Jeden Abend laden Sie ein oder zwei Paare ein, die ihnen besonders gefallen, um mit ihnen gemeinsam zu speisen. Nach dem Essen geht die Party dann in ihrer Suite bis spät in die Nacht weiter.«

Ben und ich blickten zum Kapitän und seiner Frau hinüber, die beide ebenso selbstsicher wie sexy auftraten. Ich wusste, dass Ben wie ich darüber nachsann, wie es wohl wäre, mit ihnen zu vögeln, die Partner zu tauschen, ihnen beim Bumsen zuzusehen und ihre Blicke auf uns zu spüren. Ich wusste, was er dachte, da ich mit eigenen Händen fühlen konnte, wie sein Schwanz steinhart wurde, während Willem weitererzählte.

»Beim letzten Mal haben wir mit ihnen einmal zu Abend gegessen. Es war eine ganz unglaubliche Nacht, die unglaublichste meines Lebens. Ich werde sie bestimmt nie vergessen.« Offensichtlich überwältigt von der gemeinsamen Erinnerung, wandten sich die beiden einander zu und küssten sich lange und innig. Er schob seine Hand unter ihr Top, hob ihre Brust an seine Lippen und begann an ihrem Nippel zu saugen. Mir lief es vor Schreck und Erregung kalt den Rücken hinunter. Natürlich hatte ich schon Pornos gesehen und dabei anderen Leuten beim Sex zugeschaut. Ich hatte im Nachtbus hinter fummelnden Teenagern gesessen, aber es war mir noch nie vergönnt gewesen, ein Paar, das sich so offen seinem Vorspiel hingab, aus unmittelbarer Nähe zu beobachten. Meine Brustwarzen waren hart und Bens Schwanz groß und prall und bereit, in Aktion zu treten. Ich drückte die empfindliche Spitze seines Penis. Den Rest des Abendessens nahmen wir vis-à-vis von Ninas entblößten runden Brüsten ein. Ben konnte den Blick von ihnen ebenso wenig lösen wie ich. Nie zuvor waren die nackten Brüste einer anderen Frau so greifbar nahe vor mir gewesen, und das irritierte mich so sehr, dass ich mich kaum auf etwas anderes konzentrieren konnte. Ich nippte an meinem Wein und fragte mich versunken, wie es wohl wäre, diese Brust in den Mund zu nehmen und sanft an ihr zu saugen, sie mit meiner Zunge zu necken und auszutesten, um wie viel größer und härter ich diesen Nippel noch werden lassen konnte.

Nach dem Essen schlenderten wir über das Schiff. Die Sterne funkelten am Himmel über uns und als winzige tanzende Lichtreflexe auf dem tiefschwarzen Meer. Lichterketten tauchten das Treiben an Deck in einen sanften sinnlichen Glanz. Die Atmosphäre war jetzt ganz unverhohlen erotisch. Als wir gerade vor einer großen Aushängetafel standen, um uns über die zahlreichen Aktivitäten an den nächsten Abenden zu informieren, legte eine hübsche zierliche Französin die Hand auf Bens Oberschenkel. Ein erregtes Kribbeln lief mir vom Nacken über den Rücken zwischen die Beine. Die Geste bedeutete nicht, dass gleich etwas zwischen uns passieren würde. Eine attraktive Frau verspürte den Drang, einen attraktiven Mann zu berühren, das war alles. Die üblichen Regeln hatten hier an Bord keine Gültigkeit.

Das Angebot an Aktivitäten war so vielfältig, dass wir zuerst gar nicht wussten, wo wir anfangen sollten. Am Ende entschieden wir uns, den Tag mit einem Saunabesuch ausklingen zu lassen. Die Sauna war ein guter Ort, um mit anderen in Kontakt zu kommen, so hatte man uns erzählt, und wir hätten Gelegenheit, uns erst einmal richtig zu entspannen. Wir schlenderten in den Fitness-Bereich hinunter, tauschten unsere Kleider, die wir in einen Spind schlossen, gegen ein makelloses weißes Handtuch, das viel zu klein war, um es uns umzubinden – aber das war wohl Sinn und Zweck der Sache. Nachdem wir eine Weile vergeblich versucht hatten, gewisse Körperteile zu verbergen, warfen wir uns die Handtücher über die Schultern und schritten aufrecht durch die Saunalandschaft. Dabei gaben wir uns alle Mühe, cool und abgebrüht zu wirken. Wir waren zum ersten Mal nackt zusammen in der Öffentlichkeit, und ich mochte es sofort: die dampfende heiße Luft auf meiner Haut, das Gefühl von Freiheit, die Hitze, die von Bens Körper neben mir ausging. Außerdem genoss ich die bewundernden Blicke der anderen Männer und Frauen, die auf uns ruhten.

Ben öffnete die Glastür zum Saunaraum. Der heiße Dampf löste meine verkrampften Muskeln, Schweiß rann uns in Strömen über den Körper. Die Sauna selbst war mit ihren glänzenden weißen Fliesen, dem geschliffenen Marmor und glattem hellem Holz so makellos wie jeder andere exklusive Wellness-Tempel. Paare räkelten sich auf den Bänken, so wie es ihnen gerade genehm war. Wir setzten uns auf unsere Handtücher und verfolgten das Kommen und Gehen der anderen Saunagäste. Ein Paar mit schwarzer Hautfarbe knutschte leidenschaftlich auf einer Bank neben uns. Als ein weiteres Paar hereinkam und begann, die Titten der schwarzen Frau zu liebkosen, stöhnte sie vor Lust leise auf. Nach und nach verflochten sich die vier Körper. Dunkelbraunes und hellrosa Fleisch bildete ein Knotenmuster aus menschlichen Körpern. Während wir ihnen zusahen, griffen wir einander instinktiv an unsere Geschlechtsteile. Ich massierte seinen Schwanz zu einem steinharten Pfahl, und er streichelte meine Klit, bis ich mir auf die Lippen beißen und die Fingernägel in die Handfläche pressen musste, um zu verhindern, dass ich kam. Währenddessen ließen wir die wogenden, ineinander verschlungenen Körper, die wir durch den Dampf hindurch schemenhaft erkennen konnten, nicht eine Sekunde aus den Augen. Sie begrabschten sich, Hände krallten sich in Hintern und Titten, nasses, dampfendes Fleisch, das ein wollüstiges Klatschen und Schmatzen von sich gab, während sich die Körper auf dem glitschigen Marmor wanden. Schließlich kniete sich der Schwarze hin, und wir konnten seine großartige Erektion im Profil sehen, bevor er seinen Ständer in die weiße Frau stieß, die in Ekstase aufschrie.

Ich lag auf dem Rücken, und Ben hockte sich auf mich. Wir hatten beide die Köpfe nach rechts gewandt, um nicht eine einzige Sekunde dieser Porno-Live-Show zu versäumen. Meine Muschi war so geschwollen, dass die Spitze von Bens Schwanz auf meinen Schamlippen und meiner Klitoris fast schon schmerzhaft war, doch als er seinen harten Schwanz schließlich in mein wulstiges Loch rammte, war es die süßeste Empfindung überhaupt. Ich ließ mich heftig durchvögeln, ohne den Blick von den anderen Paaren abzuwenden. Während Ben mich nahm, so wild und unerbittlich, dass mein Körper die Holzbank hinaufgeschoben wurde, begegnete ich dem Blick der Frau, die wenige Meter von mir entfernt gevögelt wurde. Bald sahen wir uns alle gegenseitig zu, sechs Personen, aber nur zwei Einheiten, allesamt konzentriert auf das, was wir taten, was wir sahen und was man mit uns tat. Der weiße Typ gegenüber glotzte mir mit nackter Gier auf die Titten, während er noch die Brüste des schwarzen Mädchens streichelte. Sein animalisches Verlangen war ein überwältigendes Aphrodisiakum, und je unverhohlener er mich anstarrte, desto heftiger spürte ich Bens Schwanz in mir. Einen richtigen Kick bekam ich jedoch beim Anblick der anderen Frauen. Je mehr Zeit ich auf diesem Schiff verbrachte, desto besessener wurde ich von Titten. Der Anblick, wie sie auf und ab hüpften, wenn sich ihre Besitzerinnen auf und ab bewegten, machte mich schier wahnsinnig. Es verzückte mich, wie die Nippel mit wachsender Erregung ihre Form, Größe und sogar Farbe veränderten. Kein Wunder, dass die Männer so besessen von Brüsten sind. Von den Vieren auf der Bank gegenüber kam einer nach dem anderen zum Höhepunkt. Die Gesichter waren durch die Dunstschwaden kaum auszumachen, aber ihre Stimmen drangen perfekt zu uns herüber. Ihr Stöhnen überlappte sich und gab der Idee von einem multiplen Orgasmus eine völlig neue Bedeutung.

Das war zu viel für Ben. Er kam heftig und viel schneller, als es für ihn typisch war. »Tut mir leid, Liebling«, sagte er, als er seinen schlaffen Schwanz zusammen mit einem Spermafaden wie eine Spinnwebe aus mir zog. »Das war einfach zu geil für mich. Komm her«, sagte er und spreizte mit den Händen meine Beine. »Ich werd's dir schon besorgen.«

»Lass mich das machen!«, ertönte eine hohe rauchige Stimme aus dem Nebel. Es war die Frau mit den blonden Haaren, die eben vor meinen Augen von dem eindrucksvollen schwarzen Ständer durchbohrt worden war. Als sie näher kam, konnte ich sehen, wie geil sie war. Ihr blondes Haar war zerzaust und durch die hohe Luftfeuchtigkeit gewellt, und die Röte ihrer Brust und Wangen schmeichelten ihrem hellgoldenen Teint. Am meisten aber gefielen mir die dunklen, rotgoldenen Nippel, die die großen tropfenförmigen Brüste bestückten.

»Ich habe Durst«, raunte sie, und ehe ich etwas antworten konnte, steckte sie den Kopf zwischen meine Beine und führte die Lippen an meine Muschi. Ich konnte ihre Brustwarzen spüren, die an meinen Schienbeinen rieben, während sie gierig Bens Sperma aus meiner Möse saugte. Ihr Mund fühlte sich an wie ein kleiner Staubsauger. Kurzum, die Frau hob den Kopf, und ihre Lippen und Wangen waren von meinem natürlichen Saft und dem Sperma meines Freundes benetzt. Ben war verzückt. Ich konnte förmlich sehen, wie er jedes Detail in sich aufnahm und in seinem Gedächtnis speicherte. Später würden wir darüber reden und uns gegenseitig von damals erzählen, als die prächtige Blondine seinen Saft aus meiner Muschi gesaugt hatte.

»Ich hatte schon meinen Spaß«, flüsterte sie. »Jetzt bist du dran.« Und damit war sie wieder zwischen meinen Beinen und schenkte meiner pochenden, zuckenden Muschi die Aufmerksamkeit, die sie brauchte, leckte meine Klit geschickt mit der Zunge und saugte an ihr, bis mich die orgastischen Wellen von Kopf bis Fuß erzittern ließen und heiße flüssige Verzückung durch meine Adern lief. Nachdem sie mich trocken geleckt hatte, wandte sie sich zu Ben und schleckte noch den Nektar, der von seiner Schwanzspitze tropfte. Dann fuhr sie sich mit der Zunge über die Lippen und kroch zu dem Lover zurück, mit dem sie hereingekommen war.

Ben und ich lagen nebeneinander in der dampfenden Hitze und konnten nicht glauben, was gerade geschehen war.

»Das«, meinte Ben schließlich, »war das Heftigste, das ich je erlebt habe.«

»Verdammt noch mal, ja!«, sagte ich. »Und wir wissen noch nicht einmal, wie sie heißen.«

Wir küssten uns, und unsere schwitzenden Körper verschmolzen miteinander, als uns der weiße Nebel umfing.

Am Nachmittag des folgenden Tages sonnten wir uns auf der Dachterrasse. Wir waren umgeben von glänzenden Körpern, und die heißen Sonnenstrahlen auf unserer Haut machten uns träge und geil. Wir knutschten herum und streichelten uns, Ben stimulierte meinen Kitzler, während ich seinen harten Schwanz zwischen beiden Handflächen hin und her schubste. Eine Zeitlang alberten wir so herum, dann sahen wir wieder den anderen Paaren zu, die heftiger zur Sache gingen als wir, um uns dann wieder unseren Spielchen zu widmen, und so weiter. Im Pool versammelte sich eine Gruppe um eine Frau, die auf einer Luftmatratze lag und es sich mit der Faust selbst besorgte. Auf einem Balkon über dem Wasser versohlten sich gegenseitig zwei Frauen, und das durchdringende Klatschen der Handflächen auf den Hintern erregte ebenfalls die Aufmerksamkeit einiger Gäste.

Ich rieb Bens Ständer gerade mit Sonnenmilch ein, als uns eine junge Frau im Bunny-Outfit auf einem Silbertablett eine Karte mit Goldrand überreichte.

»Vom Kapitän«, sagte sie und wartete, bis wir die Karte öffneten und laut vorlasen.

»Adam und Suki laden Sie ein, mit ihnen heute Abend am Kapitänstisch zu speisen. Anschließend Cocktail-Umtrunk in der Kapitänskabine. U. A. w. g.« Ben und ich blickten uns mit glänzenden Augen an. Der Kapitän höchstpersönlich hatte uns für eine seiner exklusiven Sexpartys erkoren! Wir baten das Häschen, dem Kapitän mitzuteilen, dass wir die Einladung annahmen, und feierten unser Glück mit einem langen, innigen Kuss.

Für das Abendessen legten wir unsere besten Kleider an. Ben trug ein maßgeschneidertes graues Hemd und einen schwarzen Designer-Anzug, den er sich eigens für diesen Urlaub gegönnt hatte. Die Hose brachte seine festen Pobacken und langen schlanken Beine wunderbar zur Geltung. Ich trug ein goldenes Lamé-Kleid mit einem Ausschnitt bis zum Bauchnabel und einem Schlitz, der bis zum Oberschenkel reichte.

Pünktlich um acht trafen wir am Kapitänstisch ein und stellten fest, dass er nicht für vier, sondern für sechs Personen gedeckt war. Zu unserer großen Freude erfuhren wir, dass wir außer mit Adam und Suki auch mit der Rothaarigen und ihrem schönen dunklen Lover zu Abend essen würden. Neben so wunderschönen, attraktiven Menschen zu sitzen erregte mich dermaßen, dass ich kaum etwas essen konnte.

Das rothaarige Mädchen stellte sich als Maya vor, und der schwarzhaarige Typ mit den Türkisaugen streckte uns die Hand entgegen mit den Worten: »Hi, ich bin Greg. Sehr erfreut. Ihr kommt auch aus England?«

Als wir uns die Hände gaben, wusste ich sofort, dass die Chemie stimmte. Es knisterte förmlich, als seine Haut mit meiner in Berührung kam. Mir entging nicht, wie Maya anerkennend Bens Brust und starke Arme musterte, so dass mich ein Gefühl von Stolz und Erregung übermannte. Wir plauderten und lachten, und der anfangs noch höfliche Small Talk wurde im Laufe des Abends koketter, anzüglicher, leidenschaftlicher. Maya und ich hatten eine Menge gemeinsam. Doch obwohl sie eine faszinierende intelligente Frau war, hatte ich Schwierigkeiten, mich auf das Gespräch zu konzentrieren. Ihre Schönheit war wirklich außergewöhnlich. Mandelförmige grüne Augen blickten aus einem katzenhaften Gesicht, die blasse Haut der Wangenknochen war mit ein paar Sommersprossen gesprenkelt, und das üppige rote Haar fiel ihr über Schultern und Rücken und streichelte mich jedes Mal, wenn sie sich im Gespräch vorbeugte, verführerisch am Arm. Mich beschäftigte die Frage, welche Farbe wohl ihre Nippel hatten. Ob ihr Busch farblich zu den flammenden Haaren und Augenbrauen passte. Und waren ihre Schamlippen wohl rosa, rot oder braun?

Während ich mich mit Greg und Maya unterhielt, war Ben in eine Unterhaltung mit Adam und Suki vertieft. Als Suki ihre Hand auf Bens Hosenschlitz legte, spürte ich eine prickelnde Vorfreude in mir aufsteigen. Der erste Schritt war getan. Nun lief alles wie von selbst. Adam, der rechts von Maya saß, begann ihr langes rotes Haar zu kraulen. Maya streckte die Hand aus und legte sie in einer so erregenden Geste unter eine meiner Brüste, dass meine Nippel sofort hart wurden und anschwollen und stolz durch den goldenen Lamé meines Kleides ragten. Ich blickte zu Greg hinüber und sah, dass er mit dem Finger über Sukis Schlüsselbein fuhr. Genau in dem Moment schnellte sie mit dem Kopf hinab, nahm seinen Finger in den Mund und saugte sanft daran, gestattete ihm, ihre glänzenden vollen Lippen zu erforschen. Er schloss die Augen und stöhnte. Es war nicht zu übersehen, dass Gregs Schwanz allmählich anschwoll. Da verlor ich ebenfalls die Beherrschung, legte die Hand in den Schritt seiner Hose, spürte, wie sich das Fleisch darunter regte und unter meinen Fingern ausdehnte. Je forscher ich Greg streichelte, umso fester kniff Maya in meine Nippel, quetschte sie zwischen Daumen und Zeigefinger, bis mir ein lustvolles Wimmern entfuhr. Als ich aufstöhnte, blitzten ihre Augen auf. Sie leckte sich über die blassrosa Lippen. Wir waren nun alle miteinander verbunden, und die Erregung floss durch unsere Körper wie Elektrizität, deren Spannung mit jeder Minute zunahm. Mir war vollauf bewusst, dass uns viele Leute im Hauptsaal beobachteten, und ich spürte, wie die warme Feuchtigkeit aus meiner Spalte sickerte.

Adam räusperte sich. »An diesem Punkt schlage ich normalerweise vor, dass wir uns in meine Kabine zurückziehen und die Cocktails dort einnehmen«, sagte er mit einem Augenzwinkern zu mir.

Alle Blicke im Bankettsaal waren auf uns gerichtet, als wir vom Tisch aufstanden und einer nach dem anderen durch die Tür mit der Aufschrift »Privat« verschwanden. Ein kurzer, mit rotem Samt ausgekleideter Korridor führte zu einer großen Eichentür. Dahinter befand sich eine Suite, die die unsere weit in den Schatten stellte. Riesige Panoramafenster gingen auf einen abgelegenen Balkon hinaus und gewährten uns einen grandiosen Blick auf die flache See und den darüber liegenden Sternenhimmel. Den Hauptraum dominierte ein Bett, das zwei- bis dreimal so groß war wie das in unserer Kabine. Auf einem Glasbord stand eine Kollektion von Designer-Sextoys aus Plexiglas und Chrom, daneben eine Glaskaraffe mit einer klaren Flüssigkeit, die wie Gleitmittel aussah, und im ganzen Raum verteilt Schälchen mit den verschiedensten Sorten von Kondomen.

Wild vor Vorfreude und Lust rann jetzt noch etwas mehr Saft aus meiner Muschi. Mein natürlicher Moschusgeruch stieg mir in die Nase, was bedeutete, dass ich so richtig, richtig geil war, und ich fragte mich, ob mich sonst noch jemand riechen konnte und ob es sie anmachte. Mein Körper dröhnte vor sexueller Energie, und die leiseste Berührung eines meiner neuen Bekannten würde, so kam es mir vor, schon in diesem Moment den heftigsten Orgasmus auslösen. Ich wollte fremde Hände auf meinem Körper spüren. Ich wollte, dass Ben zusah, wie ich vom Schwanz eines anderen gevögelt wurde. Und am allermeisten wollte ich erfahren, wie es sich anfühlte, die Titte einer anderen Frau in den Mund zu nehmen.

Adam und Suki übernahmen die Führung. Er begann sie auszuziehen, löste das Nackenband ihres blauen Kleides und entblößte vor unser aller Augen ihre hohen kleinen festen Brüste.

»Meine Herren«, sagte er. »Wenn wir nun unsere Damen enthüllen könnten.« Auf dieses Kommando hin wandte sich Greg zu Maya um und sank vor ihr auf die Knie. Er hob mit seinen starken Händen den Saum ihres wehenden weißen Kleides an und schob, indem er aufstand, den sich bauschenden Stoff hinauf wie eine weiße Wolke, die nach und nach ihre Porzellanhaut enthüllte. Ihr Busch war so feuerrot wie ihr Haar, und ihre vollen Brüste hingen tropfenförmig herab. Die Brustwarzen waren so blass, dass sie sich kaum von der übrigen Haut absetzten. Als sich unsere Blicke begegneten, konnte ich sehen, wie ihre Nippel hart und dunkel wurden, und meine reagierten in gleicher Weise.

Unterdessen zerrte Ben an den goldenen Spaghettiträgern, die mein Kleid zusammenhielten, und zog das hauteng Teil mit einem Ruck nach unten. Ich sah, dass alle Blicke auf mich gerichtet waren, und fühlte mich wie eine exotische Frucht, die geschält worden war, um vernascht zu werden.

Als Suki bis auf ihre mit Edelsteinen besetzten Sandalen nackt war, wandte sie sich zu Adam um und begann, ihn ihrerseits zu entkleiden. Ich sah, wie sie seine weiße maßgeschneiderte Uniformjacke aufknöpfte, sie ihm über die

Schultern gleiten ließ und dann vorsichtig über einen Stuhl legte. Es war offensichtlich, dass sie diese Handgriffe zigmal geübt hatte, doch als sie schließlich vor Adams breiter, muskulöser Brust stand, verschlang sie den Körper ihres Lovers mit so ehrfurchtsvollen, hungrigen Blicken, als sähe sie ihn zum ersten Mal. Mit der gleichen gekonnten Eleganz streifte sie ihm die Hose ab, so dass er jetzt bis auf seinen Hut nackt war. Sein glatter dunkelrosa Schwanz nahm allmählich Haltung an. Suki schritt auf ihn zu, spreizte ihre Beine und führte die Spitze seines Penis zwischen ihre schlanken braunen Schenkel und drückte sich an ihn. Adam entfuhr ein lustvolles Stöhnen, und die beiden küssten sich tief und innig.

Sukis Beispiel folgend, begannen Maya und ich, unsere Männer auszuziehen, wenngleich unsere Bewegungen nicht ganz so geschmeidig waren. Unsere Bemühungen endeten vielmehr darin, dass Schuhe weggeschleudert, Stoff zerrissen, überspannte Ständer gierig aus Boxershorts befreit und eilige Küsse ausgetauscht wurden, während Hemdknöpfe reihenweise zu Boden fielen. Bens Schwanz sah so gut aus wie noch nie. Ich war so feucht, wie er hart war, und er war sehr, sehr hart. Ich schloss die Hand zu einer lockeren Faust, und er stieß seine Stange hinein und musste tief ausatmen, als ich die runde empfindliche Spitze seines Schwanzes drückte. Maya schien gleichermaßen stolz auf Gregs Exemplar zu sein, und zu Recht: Er war lang und rosa und stand aufrecht in freudiger Erwartung dessen, was als Nächstes geschehen würde.

Adam nahm Suki an der Hand und führte sie zu dem gewaltigen Bett. Als sie mit ihrem kleinen sexy Pfirsicharsch auf der Bettkante saß, streckte sie ihrem Mann einen zarten schmalen Fuß entgegen. Behutsam löste er den rechten Riemen vom Knöchel und setzte die Sandale auf den Boden, bevor er das Gleiche mit dem linken tat. Dann hob Suki die ausgestreckten Beine an und nahm Adams prallen Schwanz zwischen ihre Fußsohlen. Während sie ihn sanft mit den Füßen massierte, wurde er größer und härter. Als er nicht mehr konnte, ließ Suki die Füße sinken und entblößte die glänzende rote Spitze von Adams zuckendem Schwanz. Sie rollte sich in die Mitte des Bettes und spreizte die Beine, so dass wir alle ihre Muschi sehen konnten. Sie war dunkel, geschwollen und feucht, wie eine glänzende Auster in ihrer Schale. Adam folgte seiner Frau aufs Bett. Sie umarmten sich und rollten herum, so dass ihr honigsüßer, sich lustvoll gebärdender Körper auf seiner blassen massiven Gestalt lag. Sie machte einen Katzenbuckel, warf ihr glattes Haar über die Schulter und bedachte sowohl Ben und mich als auch Greg und Maya mit einem auffordernden Blick.

»Wollt ihr uns nicht Gesellschaft leisten?«, schnurrte sie. Es gab nichts, was ich lieber wollte. Ben und ich näherten uns dem gigantischen Bett von rechts, während Maya und Greg von der linken Seite kamen. Dann lagen wir zu sechst auf der riesigen Matratze. Ich setzte mich rittlings auf Ben, ließ ihn aber nicht in mich eindringen. Stattdessen folgte ich Sukis Beispiel und klemmte seinen Schwanz zwischen meine geschlossenen Schenkel. Dabei genoss ich die Reibung der Peniswurzel an meiner Klit. Ben jaulte vor Lust und Enttäuschung leise auf. Ich blickte zu ihm hinunter, und wir tauschten ein geheimnisvolles Lächeln. Weder er noch ich konnten wirklich glauben, dass all dies tatsächlich passierte. Wir waren nur wenige Zentimeter von Adam und Suki entfernt, die noch immer in ihrer Verschränkung verharrten. Ich konnte jeden Seufzer hören, jedes einzelne Haar auf seinen Armen und seiner Brust ausmachen.

Auf der anderen Bettseite nahmen Greg und Maya ihre Position ein, er lag oben. Ich konnte seine Rückenmuskeln spielen sehen, als er sich auf den Unterarmen abstützte und den Mund auf Mayas Brüste senkte. Ich sah mit einem leicht frustrierten Entzücken, wie sich seine Lippen über ihrer Brust schlossen, wie ihr Nippel verschwand und das angrenzende Fleisch von seinem gierigen Mund aufgesogen wurde. Wieder fragte ich mich, wie es sich wohl anfühlte, wie es wäre, Mayas Titten in den Mund zu nehmen. Der Gedanke machte mich noch feuchter. Ich steckte einen Finger in meine Möse und hielt ihn unter Bens Nase, damit auch er wusste, wie geil ich war. Ich schloss die Augen, stellte mir vor, Bens Schwanz in mir zu spüren, während Maya ihre Brüste in mein Gesicht presste, mich mit ihren weichen, weißen, fleischigen Kissen fast erstickte.

In dem Augenblick streckte Adam die Hand nach meiner Brust aus, packte einen meiner geschwollenen, überempfindlichen Nippel und zog heftig daran. »Du«, sagte er, und sein Gesicht verfinsterte sich vor Verlangen. »Ich will, dass du zu mir kommst.« Ich blickte zu Ben, und er nickte, nahm seinen Ständer und rubbelte ihn fieberhaft bei dem Gedanken, Adam und mich vögeln zu sehen. Energisch riss Adam mich von Ben fort und hielt mich im Nacken, während er mich küsste, wobei er mit Lippen und Zunge die Konturen meines Mundes erforschte.

Suki rollte von Adam herunter und griff ebenso gierig nach Greg, wobei sie ihm etwas ins Ohr flüsterte, das ich nicht verstand. Greg jedenfalls schloss die Augen und stöhnte vor Lust auf. Maya öffnete unwillkürlich die Lippen, ihr Körper bebte vor Erregung, als sie sah, wie Gregs und Sukis Lippen in einem langen innigen Kuss verschmolzen.

Ich nahm wahr, wie Ben hinter mir über das Bett zu Maya kroch. Ich hörte ein sanftes Klatschen, als ihre Körper aufeinanderstießen, und den dumpfen Aufschlag, als sie zusammen aufs Bett fielen.

Ich war also mit Adam zusammen, Ben mit Maya und Greg mit Suki, allesamt intensiv damit beschäftigt, einen fremden Körper zu erkunden. Adam war härter, muskulöser als Ben, und seine Küsse und Liebkosungen waren rauer und forscher, als ich es gewöhnt war. Die rohe animalische Natur seiner Begierde weckte dieselbe in mir, und ich krallte mich in sein Fleisch, rieb meine Klit an der Spitze seines Schwanzes, und die Küsse, die ich auf seine Lippen drückte, verwandelten sich in unbändige kleine Kniffe und Bisse.

Nach ein paar Minuten fordernden leidenschaftlichen Knutschens riss Adam sich los und nahm drei Kondome aus einer Schale neben dem Bett, die er unter uns verteilte. Kniend rollte er sich den Gummi über den Schwanz und strich ihn mit geübter Hand glatt. Ich kauerte auf allen vieren, und beim Anblick der Orgie, die sich um mich herum abspielte, spürte ich ein lustvolles Flattern in meiner Muschi.

Greg lag auf dem Rücken, während Suki ihm mit dem Mund ein Kondom über den Ständer zog. Dann setzte sie sich mit dem Rücken zu ihm drüber und senkte sich langsam auf ihn herab. Als sein Schwanz in ihr verschwand, stöhnten sie beide vor Verzückung auf. Langsam lehnte Suki sich zurück und streckte die Beine nach vorn aus, so dass sie mit dem Rücken auf Greg lag. Seine Arme schlossen sich um sie, und er begann mit einer Hand ihre kleinen tropfenförmigen Brüste zu kneten, mit der anderen schob er ihre

Schamlippen auseinander und stimulierte ihre Klitoris mit dem Finger. Die Wurzel seines Schwanzes war noch sichtbar, als er wieder und wieder in sie stieß. Ich sah ihnen zu, fasziniert, eifersüchtig und unglaublich aufgegeilt.

Maya kniete mir gegenüber auf allen vieren, nur eine Armlänge von mir entfernt. Hinter ihr streichelte Ben ein letztes Mal seinen enormen Ständer, bevor er rasch ein Kondom überstreifte. Dann zog er mit einer Wildheit, die mich noch mehr aufgeilte, an ihrem langen lockigen Haar, riss ihr den Kopf zurück und zwang ihren Körper, sich aufzubäumen. Mayas Blick wurde trüb, sie begann tief zu atmen, und eine zarte Rötung breitete sich auf ihren springenden, schwingenden Titten aus, als sie Ben gewährte, in sie einzudringen. Ihr Haar noch immer fest in den Händen, ritt er sie wie ein Pony, rammte seinen Schwanz tief in ihre Möse, zog ihn wieder heraus und durchbohrte ihr weißes Fleisch wieder und wieder, rein und raus, rein und raus.

Dann spürte ich Adams Hände auf meinen Titten, er packte mich an beiden Brüsten und rammte seinen Schwanz mit einer so gnadenlosen Wucht in mein Loch, dass ich aufschrie. Die Erleichterung, endlich von einem Schwanz durchdrungen zu sein, war überwältigend, und ich unterwarf mich seinem Willen, ließ ihn an meinen Titten zerren und kneifen und genoss seinen großen harten Prügel in meiner Muschi.

Gegenüber von mir wurde Maya von Ben gefickt, und sie wirkte so ekstatisch wie ich. Und neben mir wand sich Suki auf Greg, die Augen geschlossen, versunken in ihrem eigenen Glück. Maya und ich sahen uns an und tauschten ein geheimnisvolles Lächeln angesichts der Intensität des Augenblicks. Ihre milchig weißen Titten schwangen vor und zurück, klatschten aneinander und gegen ihren Brustkorb. Ich war wie hypnotisiert von den blassen hängenden Brüsten, und während ich sie noch anstarrte, griff Suki mit ihrer kleinen dunklen Hand hinauf und legte sie um eine von Mayas Brüsten, drückte sie fest, so dass das weiche Fleisch zwischen den Fingern herausquoll. Mit der anderen Hand packte Suki dann meine Brust und verfuhr auf ebendiese Weise. Ich spürte, wie meine Muschi zu zucken begann, ich war bereit für den Höhepunkt. Ich benötigte nur noch den kleinsten Widerstand an meiner Klitoris. Ich betete innerlich, Suki möge mich dort berühren, mir meinen Orgasmus gewähren, mir die Erleichterung verschaffen, nach der ich so sehnlich verlangte.

»Wisst ihr, was ich gerne sehen würde?«, drang Sukis helle klare Stimme durch das allgemeine Keuchen und Stöhnen. »Ich würde gerne Maya und Charmaine zusammen sehen. Ihr seid beide so sexy«, wandte sie sich an uns. »Es würde mich wahnsinnig machen. Nichts würde mich feuchter machen als dieses Bild.«

Mein Herz begann wild zu klopfen. Maya ganz für mich zu haben, während alle anderen zuschauten? Ich war so außer mir vor Geilheit, dass ich nichts sagen konnte, nichts tun konnte, außer zustimmend zu nicken. Ben, Adam und Greg murmelten ihr Einverständnis. Adam holte seinen Schwanz aus meiner zuckenden Muschi, Ben zog sich aus Maya zurück und Greg erlöste Suki aus seiner Umklammerung und zuckte zusammen, als sie von seinem prallen Ständer herunterstieg. Suki zog allen Männern die Kondome ab.

»Und während die Mädchen ficken«, sagte sie kokett, »will ich, dass ihr Jungs alle auf mir kommt. Als Dekoration.

Ich will, dass ihr eure Namen auf meine Titten schreibt, mit eurer Wichse.« Gehorsam knieten sich Ben, Adam und Greg vor Suki hin und begannen ekstatisch ihre Schwänze zu rubbeln. Ihre Blicke schossen zwischen mir und Maya sowie Sukis geschmeidigem Körper hin und her.

Maya und ich knieten uns einander gegenüber. Zaghaft streckte ich einen Arm nach ihr aus und presste meine Lippen auf ihre. Sie küsste mich zurück, zuerst langsam, dann leidenschaftlicher, wobei ihre weichen, samtigen Lippen mein Gesicht verschlangen und ihre rosa Zunge in meinem Mund ein und aus flog, immer im Kampf mit meiner eigenen Zunge, während sie jeden Winkel meiner Mundhöhle erforschte. Sie schlang die Arme um meinen Hals, zog mich näher zu sich heran und nahm die Lippen von meinen, um mir Worte zuzuflüstern, die mich noch feuchter zwischen den Beinen machten, so nass, dass mir der Saft aus der Möse tropfte und sogar meinen Busch feucht werden ließ.

»Ich weiß, dass du an meinen Titten saugen willst«, sagte sie. »Ich will es auch. Na los. Tu es.« Das ließ ich mir nicht zweimal sagen. Ich nahm ihre tränenförmige Titte und presste sie an meine Lippen. An ihrer Brustwarze zu saugen war göttlich, doch als ich mir schließlich die ganze Brust in den Mund stopfte, wäre ich fast von allein gekommen. Ich war mir des anerkennenden Stöhnens der Männer sowie Mayas schrillen Lustlauten sehr wohl bewusst. Ich spürte ihren Nippel an meinem Gaumen, zwang ihn weiter nach hinten in meine Kehle, liebkoste die fleischige Brustunterseite mit meiner Zunge, bis ich schließlich auftauchen musste, um Luft zu schnappen.

Sie zog mich wieder zu sich heran, küsste mich erneut, und diesmal spürte ich, wie unsere Muschis aneinanderrieben und ihre Brüste, von denen eine noch voller Speichel war, gegen meine stießen. Ich spürte, wie ihre schlanken Finger meine Körperseite hinunterwanderten und dann meinen Busch entwirrten, bevor sie die Finger auf meine Klitoris legte. Sie war genauso nass wie ich. Frenetisch rieben wir uns gegenseitig unsere tropfenden, gierigen Klits, während die Männer schneller und schneller wichsten, und Suki, die sich auf dem Laken wand wie ein kleiner Aal, besorgte es sich selbst mit einem Sextoy und erteilte lauthals Befehle.

»Komm in mein Gesicht!«, flehte sie. »Komm auf meine Titten. Komm auf meinen Arsch!«

Greg war der Erste, der gehorchte und einen dicken weißen Strahl auf Sukis Titten schoss. Ben folgte Sekunden später und spritzte ihr seinen Saft in den geöffneten Mund und auf den Hals. Schließlich zielte Adam seinen heißen Strahl auf ihre Muschi und ihren Kitzler, was Suki den Rest gab, und Maya und ich hielten ein paar Sekunden inne, um uns ihren spektakulären Orgasmus anzuschauen. Sie wand sich, krallte sich ins Laken, und eine kleine Pfütze sickerte aus ihrer Möse aufs Bett. Kaum hatte sie sich wieder beruhigt, stürzten sich alle drei Männer auf sie, um ihr den Spermacocktail in die Haut zu massieren.

Maya und ich wandten uns wieder einander zu.

»Ich bin so nah dran«, gestand ich. »Du hast mich so verdammt geil gemacht.« Ich nahm ihre Unterlippe zwischen die Zähne und ging wieder daran, ihre Klitoris zu stimulieren, während sie mit zitternden Fingern nach meiner griff. Ich spürte eine unverkennbare Hitze in mir aufsteigen, und dann brach er über mich herein, mein Orgasmus kam genau zu dem Zeitpunkt, als auch Mayas Körper heftig erbebte. Ich biss noch fester auf ihre Unterlippe, atmete den Lustschrei ein, den sie ausstieß, und machte die Lippen erst wieder weich, als wir uns gegenseitig hielten und die Nachbeben unserer gleichzeitigen Orgasmen durch unsere Körper fluten ließen.

Völlig erschöpft brachen wir übereinander zusammen, sechs schweißnasse, ineinander verschlungene Körper, die Augen geschlossen. Hie und da strich eine Hand, die ich nicht identifizieren konnte, zart wie eine Feder über meine Haut, so dass ich die Hand ausstreckte und jemand anderen auf ebendiese Weise berührte. So blieben wir eine Zeit liegen, unterhielten und berührten uns, bis Adam und Suki den Abend für beendet erklärten.

»Vielen herzlichen Dank, dass ihr gekommen seid«, sagte Suki, als wir wieder in unsere Kleider schlüpften. »Ihr wart die besten Gäste, die wir je hatten.« Sie begleitete Ben und mich und Greg und Maya hinaus in den Korridor, wo sich unsere Wege trennten. Wir verabschiedeten uns von Maya und Greg. Er beugte sich vor und küsste mich, ein zärtlicher Abschiedskuss, während Maya Ben die Zunge in den Hals steckte und ihm neckisch in den Po kniff. Dann zog sie mich plötzlich zu sich heran und presste ihre Lippen auf meine, und während sie mit ihrer langen Zunge meinen Mund erkundete, presste sie ihr Schambein gegen meinen Körper, ein Nachhall der Umarmung, die wir nur wenige Augenblicke zuvor gemeinsam erfahren hatten. Die Geste entfachte eine glühende Hitze zwischen meinen Schenkeln, die meinen Körper erneut zum Beben brachte. Mein Körper wollte mehr. Hätte sie mich weiter so geküsst, wäre ich wahrscheinlich sofort bereit gewesen, sie noch einmal zu ficken, aber sie zog sich zurück. »Und dich«, flüsterte sie mir ins Ohr, »würde ich morgen gern wiedersehen. Wir könnten eine Party in unserer Kabine machen. Was meinst du?«

Ich nickte, außer mir vor Freude, dass Ben und ich schon so bald wieder in den Genuss dieses außergewöhnlichen Paars kommen würden. Und dass wir sie diesmal nicht mit Adam und Suki würden teilen müssen.

Als wir in unsere Kabine zurückkehrten, konnten wir die Dämmerung über dem glatten Wasser hereinbrechen sehen. Zutiefst erschöpft und unvergleichlich befriedigt schmiegte ich mich in die Arme meines nackten Lovers und glitt lächelnd in den Schlaf.

Erwischt

Mich fasziniert es immer wieder, welche Risiken manche Frauen eingehen, nur für ein bisschen Spaß. Wie Nicole. Eine berufstätige Frau, die ihre helle Freude daran hat, in Luxuskaufhäusern Dinge zu klauen, die sie eigentlich gar nicht braucht. Folgende Geschichte handelt von dem einen Mal, an dem sie zu viel riskierte – und sich in einer Lage wiederfand, über die sie gänzlich die Kontrolle verlor. Viel Vergnügen!

Ich habe eine Schwäche für schöne Dinge. Kleider, Make-up, Schmuck. Manchmal bezahle ich sogar dafür. Aber meine liebsten Schätze habe ich mir fast immer mit List und nicht mit Geld erworben. Ich bin eine professionelle Ladendiebin mit jahrelanger Erfahrung. Ich kann die Überwachungskameras der größten Kaufhäuser austricksen. Dabei geht es mir nicht in erster Linie darum, etwas umsonst zu bekommen. Ich bin süchtig nach dem Risiko. Ich liebe den Nervenkitzel, den ich jedes Mal wieder erlebe, wenn ich durch die großen Türen schreite, an den gewaltigen muskulösen Sicherheitsbeamten vorbei, mit einem zwanzig Pfund teuren Lippenstift im Ärmel. Je mehr Sicherheitspersonal mir nachschnüffelt und je mehr Kameras auf mich gerichtet sind, umso größer der Rausch, wenn ich ihnen entkomme. Und die Erleichterung, wenn ich wieder auf der Straße bin, das Rauschen des Blutes in den Ohren, ja, das ultimative Gefühl, das einem Orgasmus am nächsten kommt. Ich bin ein Gefahren-Junkie, total durchgeknallt, ich weiß. Aber ich mache meine Sache gut. Ich wurde nur ein einziges Mal erwischt.

Also gut, der Tag, an dem ich erwischt wurde. Es war in meinem Lieblingsladen, einem alten Kaufhaus mitten in der Stadt. Das eindrucksvolle Gebäude wird innen von einer vergoldeten Wendeltreppe beherrscht. In der luxuriösen Kosmetikabteilung kosten die Gesichtscremes oft mehr, als manche Leute an einem ganzen Tag verdienen.

Ich stöberte eine Weile in der Abteilung herum, auf der Suche nach etwas, das mir gefallen könnte. Am Ende entschied ich mich für einen schicken Designerlippenstift. Ich probierte ihn sogar vor einem Spiegel aus, bevor ich mich festlegte. Er hatte eine hübsche Farbe, rosarot mit einem sanften Glanz. Selbst im grellen Kaufhauslicht verwandelte er meine durchschnittlichen Lippen in üppige samtige Rosenblätter. Also wartete ich ab, bis die Verkäuferin mit einer anderen Kundin beschäftigt war, und ließ den Lippenstift so geschickt meinen Ärmel hinaufgleiten, dass ich die meisten Fernseh-Magier weit in den Schatten gestellt hätte.

Auf dem Weg zu den riesigen Doppeltüren klopfte mein Herz so wild, wie wenn man jemanden zum ersten Mal küsst. Gegen den schnellen heißen Puls in meinem Handgelenk fühlte sich die metallene Hülle des Lippenstifts klinisch kalt an. Ich hob die Hand, um die schwere Glastür aufzustoßen.

Und da spürte ich sie. Die Hand auf meiner Schulter. Das

Blut gefror mir in den Adern. Es klingt verrückt, aber ich war auf diese Eventualität nicht vorbereitet. Ich hatte nie geglaubt, dass man mich tatsächlich einmal erwischen würde. Ich erstarrte. Ich konnte die Hand nicht sehen, aber ich spürte, dass jemand hinter mir stand, ein Berg von einem Mann, der mich um Längen überragte. Ein so riesiger Mann würde auch stark sein. Jeder Fluchtversuch wäre sinnlos. Es würde alles nur noch schlimmer für mich machen.

Ich wandte mich langsam um, bereitete mich auf den Augenaufschlag vor, mit dem ich den Security-Typen beschwichtigen wollte, in der Hoffnung, mit ein bisschen Charme noch einmal davonzukommen. Ich fand mich auf Augenhöhe mit seiner Brust wieder, einer großen massiven Wand, die vor mir aufragte. Ein blaues Hemd spannte sich um einen gigantischen Oberkörper, die kurzen Ärmel gaben breite, muskulöse Arme preis, die von dichten, dunklen Haaren bedeckt waren. Und oberhalb des Kragens blickte ein ernstes, humorloses Gesicht auf mich herab, das nicht so aussah, als ließe es sich von meinem unschuldigen Klein-Mädchen-Gehabe beeindrucken.

»Madame, dürfte ich Sie bitten mitzukommen?«, ertönte eine harsche, raue Stimme. Er verpackte es als Frage, obwohl es sich ohne Zweifel um einen Befehl handelte. Er legte eine Hand auf meinen Arm, aber ohne mich wirklich festzuhalten. Hätte er gewollt, dann hätte er mich mit seinen dicken Fingern wohl einfach zerdrücken können. Mir blieb also nichts anderes übrig, als ihm zu folgen. Er führte mich durch eine Seitentür und eine schmale Stahltreppe hinauf (Warum war mir die Tür eigentlich nie aufgefallen? Wahrscheinlich war ich immer zu sehr darauf konzentriert, mich aus dem Staub zu machen).

»Wohin gehen wir?«, wollte ich wissen und versuchte, mich dumm zu stellen: »Ich weiß gar nicht, was ich getan habe.«

Er schwieg, sparte sich die Worte, während wir weiter die Treppe hinaufstiegen. Ich versuchte, Atem zu schöpfen, aber mein Keuchen wurde vom Herzschlag in meinen Ohren übertönt. Ich hatte Angst, fühlte mich schuldig, und ich war wütend über mich selbst, aber der Adrenalin-Junkie in mir war auch erregt. Schließlich erlebte ich etwas noch viel Spannenderes und Erschreckenderes als den bloßen Akt des Stehlens.

Der Security-Typ hüllte sich weiterhin in Schweigen, als er eine Holztür aufsperrte und mich in einen winzigen Raum führte. Er schloss die Tür hinter sich ab und ließ den Schlüssel in seiner Tasche verschwinden, so dass ich praktisch seine Gefangene war. Es gab einen Tisch, einen Stuhl und ungefähr dreißig Bildschirme, von denen jeder eine andere Ecke des Ladens zeigte. Außerdem gab es etwa auf Augenhöhe ein winziges Fenster, von wo aus man die gesamte Ladenfläche überblicken konnte. Ich staunte. Wenn sie über eine derart gute Videoüberwachung verfügten, warum hatten sie mich dann nicht schon vor Monaten geschnappt? Ich war so überrascht, dass ich sogar meine Angst vergaß.

»Wow!«, rief ich begeistert. »Sie können von hier ja sogar das Make-up-Regal sehen!«

Ich wandte mich zu ihm um, aber er lächelte nicht. Das Zimmer war so klein, dass nicht viel Raum zwischen uns war. Wir standen so dicht beieinander, dass ich den sauberen, seifigen Geruch wahrnahm, der eine dunklere, wildere, männlichere Note überdeckte. Mir fiel auf, dass er sich schon ein paar Tage nicht mehr rasiert hatte. Außerdem hatte er eine kleine Narbe am Kinn, auf der keine Bartstoppeln wuchsen. Ich hatte schon immer etwas für Männer mit Narben übriggehabt. Narben verleihen einem Mann das robuste, kernige Aussehen, das mir das Gefühl gibt, vergleichsweise schwach und verletzlich, superweiblich zu sein. Unter anderen Umständen hätte ich den Typen unglaublich attraktiv gefunden.

»Ich würde Ihnen gern etwas zeigen«, sagte er, und seine haselnussbraunen Augen blickten streng unter den finsteren Augenbrauen hervor. Er schob eine Kassette in den Videorecorder. Zuerst war nichts Besonderes zu sehen, nur eine Aufnahme des Ladeninneren. Dann entdeckte ich plötzlich jemanden, den ich kannte: dunkle Haare, schwarze Lederjacke, verdächtig große rote Handtasche – mein Gott, das war ja ich!

Mit Entsetzen sah ich, dass die Kamera mich dabei ertappte, wie ich einen blauen G-String und den dazugehörigen BH in meine Handtasche gleiten ließ. Dann Schnitt, und die Kamera zeigte mich an einem anderen, offenbar wärmeren Tag, denn ich trug keine Jacke, wohl aber dieselbe überdimensionale Tasche. Diesmal konnte ich mir dabei zusehen, wie ich eine vierzig Pfund teure Shampooflasche beiläufig in meine Tasche fallen ließ, bevor ich durch den Hauptausgang nach draußen verschwand. Ein weiterer Film zeigte mich beim Klauen eines eng anliegenden weißen Kleides. Wieder ein anderer führte vor, wie ich ein teures Parfüm entwendete. Und dann noch ein Film. Und noch einer. All die kleinen Verbrechen, mit denen ich vermeintlich davongekommen war, befanden sich auf der Kassette. Der Typ hatte auf jeden Fall genug Beweismaterial, um mich ins Gefängnis wandern zu lassen. Das Ganze war nicht nur ein kleiner Klaps auf die Hand. Mein Job – meine Wohnung – mein Leben. Jetzt erst begriff ich, wie viel ich eigentlich aufs Spiel gesetzt hatte, und alles nur für einen kleinen billigen Nervenkitzel.

»Ich verstehe nicht ganz«, sagte ich, und diesmal waren die Tränen, die mir in die Augen stachen, echt. »Warum haben Sie das alles gesammelt? Was haben Sie damit vor? Warum nehmen Sie mich ausgerechnet heute fest?«

»Heute war es anders«, erwiderte er sachlich. »Mir gefallen Ihre Titten in dem Kleid, also dachte ich, heute ist der Tag, an dem ich die Kleine vögele.«

»Was?«, stammelte ich. Einen Moment lang stand ich da, unsicher, ob ich richtig gehört hatte. Aber ich wusste, ich hatte richtig gehört.

»Ich beobachte Sie schon seit Monaten«, sagte er und kam einen Schritt auf mich zu. Ich wich zurück, aber da war schon die Tür. Ich stand mit dem Rücken zu derselben, als er weiter auf mich einredete. »Als ich Sie das erste Mal sah, dachte ich, die kleine Schlampe ist ganz schön frech, und ganz schön überheblich, die denkt wohl, sie wird nie erwischt. Aber dann haben Sie sich gebückt, um sich etwas anzuschauen, und ich habe Ihren Arsch in den engen Jeans gesehen und mir gedacht, die werde ich lieber ficken als einlochen. Ich wusste, Sie würden wiederkommen. Ich bin Ihrem Typ schon vorher begegnet. Elegante Mädchen wie Sie, die nur zum Spaß klauen, glauben immer, dass sie damit wegkommen. Also habe ich gewartet. Und Sie weiter aufgezeichnet. Jedes Mal, wenn ich Sie in den Laden kommen sehe, werde ich hart bei dem Gedanken, wie ich Sie eines Tages hierher mitnehme und was ich dann mit Ihnen mache.«

Ich stand einfach nur da, sprachlos und mit zittrigen Knien.

»Jetzt«, fuhr er fort und wedelte mit der Kassette unter meiner Nase herum, »habe ich genug Material gesammelt, um Sie für ein paar hübsche Monate ins Gefängnis zu bringen. Ich schätze, Sie haben im letzten Jahr Waren im Wert von mindestens fünftausend Pfund mitgehen lassen.« Er lächelte ein humorloses Lächeln und bleckte die weißen Zähne, als er auf ein Schild an der Wand zeigte: DIEBSTAHL WIRD STRAFRECHTLICH VERFOLGT. »Ich biete Ihnen also folgenden Deal an. Sie lassen jetzt Ihre gestohlenen Höschen für mich fallen, und ich vernichte die Aufzeichnungen gleich hier vor Ihren Augen.«

»Und wenn ich nicht will?«, konterte ich.

»Und wenn Sie nicht wollen, Prinzessin«, sagte er gehässig, »werden Sie es noch bereuen, jemals einen Fuß in diesen Laden gesetzt zu haben, denn Ihr hübsches kleines Leben wird *ru-i-niert* sein.«

Meine Gedanken rasten. All die Dinge, die ich zu verlieren hatte, blitzten vor meinem inneren Auge auf. Ich wünschte, ich hätte erst gar nicht mit dem Klauen angefangen, aber für Reue war es jetzt definitiv zu spät. Und dann beschwor ich ganz andere Bilder in mir herauf, wie ich auf dem Tisch lag und mich von diesem riesigen Security-Arschloch durchbumsen ließ. Es machte mich nicht an, aber es stieß mich auch nicht ab. Ich schluckte und entschied mich für den Schwanz. Das einzige Problem, das mir in den Sinn kam, als ich noch einmal auf die breite Brust und die dicken Finger starrte, war seine Größe. Ich hatte in der Vergangenheit immer schlanke, athletische Lover gehabt. Wenn sein Schwanz im Verhältnis zum restlichen Körper stand, wie bitte sollte ich feucht genug werden, um so einen Prügel in mir unterzubringen?

»Machen Sie mit mir, was Sie wollen«, erklärte ich mit gesenktem Blick.

»Braves Mädchen«, antwortete er und lächelte wieder. »Also gut. Wir haben nicht viel Zeit. In zehn Minuten muss ich wieder im Dienst sein. Um also möglichst schnell und effizient vorzugehen, und damit du deinen Teil der Abmachung erfüllst, habe ich hier das Sagen. Du tust genau das, was ich sage.«

Ich nickte unterwürfig. Nun, da ich mich einverstanden erklärt hatte, wollte ich nur noch, dass es vorbei war.

»Dann zieh dich jetzt aus«, forderte er. Mit zitternden Händen begann ich mein Kleid so langsam aufzuknöpfen, wie ich nur konnte, um das Unvermeidliche hinauszuzögern, bis mir klarwurde, dass er das Ganze für einen Striptease halten könnte. Den Gefallen wollte ich ihm wirklich nicht tun! Ich hängte das Kleid an den Haken an der Tür und bückte mich, um den Riemen meiner Sandale zu lösen. Dann stand ich in Unterwäsche vor ihm, in dem blauen BH und dem Höschen, dessen Entwendung ich gerade noch einmal auf Video hatte verfolgen können. Er führte die Hand an seinen Schritt und begann sich zu streicheln, ließ aber die Hosen an.

»Mach weiter«, meinte er lüstern. Langsam zog ich mir das Höschen aus, indem ich beide Daumen in den Bund hakte und den G-String nach unten gleiten ließ. Dann zog ich mir den BH aus, und meine Brüste standen aufmüpfig da, die Brustwarzen hart in dem kühlen klimatisierten Raum.

»Leg dich auf den Tisch!«, befahl er. Ich gehörchte, die

harte Plastikoberfläche war eiskalt unter meiner Haut. Ich stöhnte vor Unbehagen auf.

»Beine breit«, verlangte er. Er steckte das Gesicht zwischen meine Beine, und sein warmer Atem liebkoste meine Schamlippen. Zu meiner Überraschung empfand ich die Stimulation als überaus angenehm. Er untersuchte mich ein paar Sekunden lang, dann legte er einen Daumen auf meine Muschi.

»Du bist noch nicht feucht genug«, stellte er missbilligend fest. »Tu etwas dagegen.«

»Was soll ich?«, fragte ich.

»Bring dich in Stimmung, mach dich bereit für mich.« Er trat zurück und wartete mit verschränkten Armen. Mir blieb nichts anderes übrig, als mir mit der Hand zwischen die Beine zu gehen. Mit je einem Finger rechts und links der Klitoris begann ich mich zu reiben, so wie ich es immer tat, wenn ich es mir besorgen wollte. Es war eine lang erprobte Masturbationstechnik, die mich noch nie im Stich gelassen hatte. Andererseits war mir auch noch nie befohlen worden, mich selbst zu befriedigen. In der Vergangenheit war ich immer geil gewesen, bevor ich angefangen hatte, an mir herumzuspielen.

Es jetzt unter der Anweisung dieses Fremden zu tun war irgendwie krank. Ich war absolut trocken, so dass die Reibung fast schmerzhaft war. Also glitt ich mit einem Finger in die Möse, um meinen eigenen Körpersaft als natürliches Gleitmittel zu benutzen. Ich schloss die Augen und versuchte mich in einer Phantasie zu verlieren, aber der Security-Typ blaffte mich an: »Lass die Augen auf, du kleine Schlampe! Ich will, dass du mich ansiehst, dass du daran denkst, was du getan hast.«

Ich begegnete seinem Blick. Wir starrten uns an, so lange, bis einer aufgeben würde. Als mein Körper plötzlich reagierte. Ich spürte die ersten warmen Tropfen in meiner Muschi, während sich in meinem gesamten Becken eine vertraute Wärme und ein lustvolles Kribbeln ausbreiteten. Erleichterung und Wollust durchfluteten meinen Körper. Ich hätte zwar noch nicht kommen können, war aber nass genug für seinen Schwanz.

Er steckte wieder den Kopf zwischen meine Beine und untersuchte mich. Jetzt wurde ich richtig geil. Ich sehnte mich nach seiner Zunge an meiner Klit, wollte die rauen Bartstoppeln auf der empfindlichen Haut meiner Schenkel spüren.

»Okay, du bist bereit«, stellte er fest, als wäre ich ein Stück Fleisch, das er auf seinen Garzustand überprüfte, um es zu zerschneiden und seinen Gästen zu servieren. »Du bist bereit für meinen Schwanz. Jetzt musst du noch dafür sorgen, dass ich auch bereit bin. Vom Tisch runter und auf die Knie. Sofort! Und wag es nicht noch einmal, die Augen zu schließen. Hörst du mich?«

Ich nickte, kletterte unbeholfen vom Tisch herunter und sank vor ihm auf die Knie. Ich hörte das Schmatzen, als er sich erwartungsvoll die Lippen leckte, dann das unverkennbare Klacken der Gürtelschnalle, den Reißverschluss, der geöffnet wurde. Ich sah wie befohlen zu ihm hoch und fand mich vor dem größten Schwanz wieder, den ich in meinem ganzen Leben gesehen hatte. Er hatte die Größe eines Kinderarms und wurde in diesem Augenblick noch größer. Mir fielen fast die Augen aus dem Kopf vor Angst und Ungläubigkeit, als der enorme Ständer immer noch größer und härter und aufrechter wurde. Dicke Adern pulsierten entlang der Seiten.

»Ich werde seit Monaten für dich hart«, sagte er mit einer gewissen Grausamkeit in der Stimme. »Aber ein bisschen härter könnte ich es schon vertragen. Was meinst du?«

Bevor ich etwas erwidern konnte, rammte er mir die Spitze seines Riesenschwanzes zwischen die Lippen und hebelte sie gewaltsam auf. Als die ersten Zentimeter seines Ständers in meinen Mund eindrangen, wusste ich, dass es zu viel sein würde. Dann stieß er zu. Ich versuchte zu schreien, aber mein Schrei wurde gnadenlos erstickt. Ich würgte, als er weiterhin versuchte, seinen Megaschwanz in einen Hohlraum zu stopfen, der einfach nicht groß genug für ihn war.

»Darauf wärst du wohl nie gekommen, was, dass das einmal die Konsequenz für deine Taten sein würde?«, knurrte er, während er mich härter und härter in die Kehle fickte. »Du hättest wohl nie gedacht, dass du einmal hier auf den Knien landen würdest, oder? Nie für möglich gehalten, was?« Gerade als ich glaubte, es nicht mehr ertragen zu können, zog er den Schwanz aus meinem Mund und schlug mich mit dem harten Prügel zuerst rechts und dann links auf die Backe. Ich sank auf alle viere und rang nach Atem. Doch er riss mich an den Haaren hoch, so dass ich wieder auf Augenhöhe mit seinem Schwanz war, und bevor ich etwas dagegen sagen konnte, war er wieder da, wieder in meinem Mund. Und zu meiner Überraschung merkte ich, dass meine Muschi zu tropfen begonnen hatte, und mein Unterbewusstsein brachte ein animalisches Verlangen zum Ausdruck, das plötzlich in mir aufstieg: »Ich wünschte, er würde mich in die Möse ficken und nicht ins Gesicht.« Kaum hatte ich diese Worte zu mir selbst gesprochen, spürte ich, wie eine Hitzewelle in meine Möse schoss. Ich war bereit, ihn in mir zu haben. Nein. Ich *musste* ihn in mir haben.

»Okay«, sagte er und zog mich wieder hoch. Inzwischen war ich so aufgegeilt, dass mein ganzer Körper flüssig geworden war und meine Beine mich kaum noch tragen konnten. Ich war auf Augenhöhe mit seiner Brust, sein riesiger Schwanz wippte oberhalb des Nabels gegen meinen Bauch.

»Rauf auf den Tisch«, brummte er. Irgendwie gelang es mir, wieder dort hochzuklettern, mich auf den Rücken zu legen und die Beine zu spreizen, um meine zitternde, erwartungsvolle, hungrige Höhle zu entblößen.

»Okay, du kriegst ihn«, verkündete er über mir schwebend. Er holte tief Luft und stieß zu. Die Spitze seines Schwanzes fühlte sich auf meinen nassen Schamlippen weich und rund an. Sekunden später erlebte ich einen brennenden Schmerz, als er mich mit seinem gewaltigen Rohr durchbohrte. Ich hatte das Gefühl zu zerbersten. In wenigen Sekunden verwandelte sich der Schmerz in Wollust. Je heftiger er in meine Möse stieß, desto feuchter wurde ich, und bald flog sein dicker Knüppel geschmeidig ein und aus. Ich konnte gar nicht genug kriegen. Ich spürte, wie meine Brustwarzen anschwollen und hart wurden. Er gab mir einen sanften Klaps auf die Titten. Ich wimmerte vor Lust auf.

»Aaaaah«, sagte er, und jetzt war er es, dem die Stimme versagte. »Jetzt findet sie es auch noch gut. Sie genießt ihre Strafe. Sie will es noch härter.« Und dann fickte er mich richtig brutal. Ich musste mich mit beiden Händen an der Tischkante festhalten, um zu verhindern, dass er mich vom Tisch herunterstieß. Sein Gesicht nahm eine dunklere Farbe an, als ihm das Blut in den Kopf schoss, und die Narbe auf seinem Kinn, diese geile Böse-Jungs-Narbe, trat noch deutlicher hervor.

»Sie will mehr«, stöhnte er, und ich war mir nicht sicher, ob er noch mit mir oder eher zu sich selbst sprach. »Sie kann noch ein bisschen mehr vertragen.« Und damit verpasste er mir einen heftigen Klaps auf die Klitoris. Die unerwartete intensive Reizung ließ mich vor Verzückung aufschreien.

»Sie hat es verdient«, murmelte er vor sich hin und ließ winzige Schläge auf meine Klit niederprasseln. Ich spürte, wie ich die Kontrolle verlor. Als er meine Möse fickte und gleichzeitig meine Klit versohlte, verharrte mein Körper einen Augenblick lang kraftlos, wie gelähmt, bevor ich explodierte und gewaltige Zuckungen und ein Strom meiner Körpersäfte seinen Ständer in einer warmen, feuchten Liebkosung umfingen.

»O ja«, raunte er und ließ seinen Schwanz aus meiner noch zuckenden Möse schnellen, bevor er ihn in letzter Sekunde zwischen meine Lippen schob. Dann schoss er seine Ladung in meinen Mund. Ich schluckte und merkte, wie ein kleiner Teil der heißen, salzigen Flüssigkeit zwischen meinen Lippen hervorquoll und mir über den Hals herunterlief.

Sofort nachdem er gekommen war, wischte er sich mit einem Handtuch trocken, verstaute seinen Schwanz wieder in der Hose und sah auf die Uhr. Als ich mich auf dem Tisch herumdrehte und aufsetzte, war meine Muschi so wund, dass ich kaum die Beine schließen konnte. Er sah es und lachte grausam auf.

»Du wirst ein paar Tage nicht mehr richtig laufen können«, meinte er. »So wirst du dich noch ein bisschen länger an deine Strafe erinnern. Und dabei bist du noch ganz gut weggekommen, du verzogene kleine Schlampe.« Wortlos reichte er mir die Kassette und gab mir noch ein paar Sekunden, um mich wieder anzuziehen. Ich hatte nicht einmal Zeit, mir seinen Samen abzuwischen, der an meinem Hals zu trocknen begann. Er führte mich aus dem winzigen Raum und über eine Seitentreppe hinunter, bevor er mich durch die Feuertür auf die sonnige Straße hinaussetzte. Ich stand eine Weile ungläubig blinzelnd da und musste mich erst einmal von meinem heftigen Orgasmus erholen.

Ich hatte es eilig, nach Hause zu kommen, also nahm ich den Bus. Ich wollte in Ruhe meinen Tagträumen nachhängen, mir alles noch einmal ausmalen, was gerade geschehen war. Kaum zurück in meiner Wohnung, schmiedete ich bereits Pläne, was ich als Nächstes klauen könnte. Es musste etwas Gewagtes und Unerhörtes sein, etwas, das mir eine Wiederholung der Vorstellung garantierte. Wie schon gesagt, ich bin ein Gefahren-Junkie.

Die Feuerwehrstange

Jules wollte mir ihr Geheimnis zuerst gar nicht anvertrauen, von ihrem letzten Abenteuer kurz vor der Hochzeit gar nicht erzählen. Ein One-Night-Stand sah ihr so ganz und gar nicht ähnlich. Wissen Sie, Jules ist ein braves Mädchen. Zumindest hielt sie sich für eins. Sie war ihrem Verlobten immer treu gewesen. Sie hatte sich nie etwas zuschulden kommen lassen. Und das sagen auch ihre Freunde. Aber manchmal erliegen selbst brave Mädchen der Versuchung. Und wenn das geschieht, ist das Ergebnis oft eine Explosion.

Am Vorabend meines Junggesellinnenabschieds sagte ich noch zu Fiona: »Bloß kein Stripper. Bitte kein Stripper. Nicht für mich.« Ich hatte es zu oft erlebt, wie sich zukünftige Bräute den Abend ruinieren ließen, indem sie widerstrebend einem Banane-mit-Schlagrahm schwingenden Bräunungscremefetischisten zusahen, der sich für weiß Gott was hielt und der Heiratswilligen einen billigen Leopardenprint-Stringtanga ins Gesicht streckte. »Ich habe nichts gegen L-Schilder und Anstecker und dieses ganze Zeug, aber ein Stripper wäre mir echt peinlich. Versprich es mir!«

»Könnte ich dir das antun, Jules?«, erwiderte Fiona mit

einem schelmischen Grinsen. Sie war meine älteste Freundin und die einzige, die als erste Brautjungfer in Frage kam. Sie war ein klasse Kumpel und ein phantastisches Organisationstalent. Sie hatte ein Abendessen in einem schicken Restaurant im West End gebucht und VIP-Tickets für einen exklusiven Club besorgt. Aber sie hatte auch den Schalk im Nacken und Geschmack am Skandal. Und gerade in dieser Situation bedeutete Fionas Versprechen nicht viel.

An besagtem Abend zog ich ein petrolblaues Babydoll-Kleid an, das perfekt zu meinen Augen und dem Saphir des Verlobungsrings passte. Man sah etwas zu viel Dekolleté und Oberschenkel, aber ich hatte mich für meine Hochzeit in Form gebracht und wollte meinen durchtrainierten Körper ein bisschen zur Schau stellen.

»Du siehst umwerfend aus«, sagte mein künftiger Ehemann, als ich, mich vor dem Spiegel hin und her drehend, auf das Taxi wartete. »Ein bisschen zu umwerfend, wenn du mich fragst. Ich hoffe, du hörst auf dich so anzuziehen, wenn du eine Ehefrau bist. Heute ist deine letzte große Nacht. Halt dich von fremden Männern fern.«

»Ich bitte dich«, sagte ich kichernd, als er mich in den Arm nahm und mein langes braunes Haar streichelte, das in Wellen über meine Schultern fiel. »Wir sind eine Horde betrunkener Frauen, die die Männer eher abschrecken als anlocken!«

»Hauptsache, du hast einen schönen Abend, Schatz«, meinte Danny und gab mir einen langen, innigen Kuss, der erst vom Hupen des Taxis unterbrochen wurde. Fiona saß bereits im Taxi, total aufgedonnert, in einem rosafarbenen Kleid mit tiefem Ausschnitt, das kaum etwas der Phantasie überließ.

»Du magst vielleicht bald heiraten, aber ich bin immer noch auf der Suche nach dem Traummann!«, sagte sie. Wir rasten durch die Straßen Londons, bis wir uns schließlich im Privatbereich eines schicken Restaurants wiederfanden. Als ich den Raum betrat, standen mir Freudentränen in den Augen. Meine engsten Freundinnen und weiblichen Familienangehörigen, alle hatten sich um den Tisch versammelt und warteten auf mich. Als ich eintrat, standen sie auf und klatschten und pfiffen. Sie hatten den Raum mit rosafarbenen Federboas und unzähligen Urlaubsfotos aus unserer Jugendzeit dekoriert.

Wir aßen ein dreigängiges Menü und tranken reichlich Champagner. Wir posierten für die Erinnerungsfotos und flirteten mit den äußerst attraktiven Kellnern. Nach dem Essen holte Fiona eine Flasche Sambuca und zwanzig Gläser hervor.

»Nur eine Kleinigkeit, um Zunge und Gaumen nach diesem wunderbaren Essen zu wecken«, verkündete sie und schenkte die klare Flüssigkeit so schwungvoll in die Gläser, dass die Hälfte auf dem Silbertablett landete. Mindestens. »Am besten trinkt man ihn so«, erklärte sie und schwang ein silbernes Zippo-Feuerzeug. »Brennend.« Und damit entzündete sie die Oberfläche eines der Gläser. Eine ätherische blaulila Flamme tanzte auf der öligen Flüssigkeit. Zu meinem Erstaunen warf Fiona den Kopf in den Nacken und kippte alles auf ex hinunter.

»Jetzt seid ihr dran«, sagte sie. Meine Hand zitterte, als ich das Glas an meine Lippen führte und das scharfe Zeug hinterkippte. Die Flamme versengte mir die Lippen, und die sich ausbreitende Hitze rief eine ferne Erinnerung an die wilden Küsse wach, die man nur mit einem neuen Lover erlebt. Ich werde nie mehr die Intensität eines ersten Kusses erleben, dachte ich, als der heiße Likör durch meinen Körper floss, meine Glieder betäubte und meinen Verstand benebelte.

Fiona schenkte noch eine Runde aus und entzündete den Alkohol. Als ich das Glas an meine Lippen hob, verstummten alle und brachen kurz in hysterisches Kichern aus, während sie den Blick auf etwas hinter meinem Rücken richteten. Bevor ich überhaupt die Zeit hatte, mich umzudrehen, donnerte hinter mir eine tiefe maskuline Stimme: »Brauchen Sie jemanden, der das Feuer löscht?«

Ich fuhr herum und erblickte einen großen Mann in Feuerwehrmontur, mit gelbem Helm und Visier sowie einem Schlauch in der Hand. Fiona zauberte aus dem Nichts einen CD-Spieler hervor, und Musik erfüllte den Raum.

»Glückwunsch zum Junggesellinnenabend, Jules!«, sagte der Feuerwehrmann, dessen Gesicht noch immer hinter dem Kopfschutz verborgen war. Er wirkte groß und gut gebaut, aber mal ehrlich, in den unförmigen Klamotten und dem Kopfschutz hätte er von großartig bis grauenhaft alles sein können.

»Du *Miststück*!«, fauchte ich Fiona an. Sie zwinkerte mir zu und machte sich tanzend aus dem Staub.

»Madame«, sagte der Stripper. »Dieser Drink verstößt gegen die Gesundheits- und Sicherheitsbestimmungen. Ich werde ihn leider löschen müssen.« Zu schockiert, um Widerstand zu leisten, ließ ich mich auf einen Stuhl sinken und ihn gewähren. Er nahm mir den Drink aus der Hand und entsorgte ihn auf ex.

»He, das war meiner!«, rief ich zur Erheiterung der anderen Anwesenden. Das Eis war gebrochen, und ich beschloss, aus der Peinlichkeit das Beste zu machen und den nun folgenden Strip mit Humor zu nehmen.

Er stand breitbeinig vor mir, sein Hosenschritt ein bis zwei Zentimeter von meiner Nase entfernt. Er roch frisch geduscht, doch als ich tief einatmete, drang ein Hauch seines ureigenen Aromas in meine Nase. Es war tatsächlich Jahre her, dass ich einem anderen Mann so nahe gekommen war. Ich hatte völlig vergessen, wie überwältigend und erregend der Geruch eines fremden Mannes sein konnte.

Ich schloss die Augen, um seinen Duft in mich aufzunehmen, und als ich sie wieder öffnete, zog er gerade die Jacke aus. Zwanzig junge Frauen hielten vor Bewunderung und Erregung die Luft an, als er einen starken breiten Oberkörper mit vollendetem Waschbrettbauch und keinem Gramm Fett preisgab. Er hatte nussbraune Haut und praktisch nicht ein einziges Haar am Körper – bis auf einen kleinen lockigen Haarstreifen, der vom Nabel bis zum Hosenbund führte, und einen ähnlich spärlichen Wuchs in den Achselhöhlen. Dunkelbraune Nippel zierten seine steinharte Brust. Aber das Schönste an seinem Körper waren die Arme. Sie waren breit und muskulös, perfekt durchtrainiert, mit sichtbaren Adern über ihrer gesamten Länge. Er holte eine winzige Flasche Schoko-Körpermalfarbe hervor und träufelte sich ein paar Tropfen auf die Brust. Wie in Trance und als anständige Junggesellin meine Pflicht erfüllend, führte ich die Lippen an seine Brustwarzen und leckte die süße Schokoladencreme von seiner süßen Schokoladenhaut. Als ich am Hosenbund ankam, blickte ich erschrocken auf. Ich musste mir eingestehen, dass ich lieber weitergemacht hätte. Ich spürte, wie mir das Blut in die Wangen schoss und gleichzeitig ein vertrautes leises Pochen zwischen meinen

Schenkeln einsetzte. Was als Scherz begonnen hatte, verwandelte sich rasch in echte Begierde – und zwar der Art, die nach Befriedigung verlangt.

Ich zog mich zurück und trank einen Schluck Wasser, um mich wieder zu beruhigen. Ich bedachte Fiona mit einem wütenden Kopfschütteln und formte mit den Lippen die Worte: Dafür wirst du noch büßen. Sie strahlte mich nur an. Offensichtlich fühlte sie sich bestens unterhalten.

Als Nächstes kamen die Hosen dran, die er sich mit einer schnellen Bewegung vom Leib riss. Ich war nun auf Augenhöhe mit ein paar wunderbaren braunen Oberschenkeln und einem roten Leder-String, der sichtlich gepolstert seinen Schwanz noch ein bisschen größer erscheinen ließ, als er in Wahrheit je hätte sein können. Er ließ ihn so nah vor meinem Gesicht herumbaumeln, dass ich den Flaum auf seinen Oberschenkeln sehen konnte. Ich beugte mich vor, bereit, ihm die Schokolade vom Unterleib zu lecken.

In diesem Augenblick nahm er den Helm ab, und zum Vorschein kam das von kurzgeschnittenen Locken eingerahmte Gesicht eines jungen Mannes. Er hatte volle Lippen und funkelnde Augen unter dichten schwarzen Brauen. Nun, da ich ihm in die Augen sah, verpuffte mein prahlerischer Wagemut, und in einem Anfall von Schüchternheit zog ich mich zurück.

Der Stripper wollte davon nichts wissen. Von kreischenden Mädchen aufgeheizt, nahm er meine Hände und legte sie auf seinen Waschbrettbauch und ermunterte mich, jeden Zentimeter seines perfekt geformten Körpers zu befühlen. Er war glatt und jung und hart unter meinen Fingerspitzen. Meine Freundinnen kicherten und feuerten mich an, und ich hoffte inständig, dass sie nicht merkten, wie sehr es mich anmachte. Gott sei Dank waren sie da, dachte ich für mich, als meine Hände seinen festen Hintern packten. Und Gott sei Dank befand ich mich in der Öffentlichkeit. Wäre ich mit diesem Kerl allein gewesen, wäre es nicht gänzlich unwahrscheinlich gewesen, dass ich es noch ein bisschen weiter getrieben hätte.

Plötzlich packte der »Feuerwehrmann« meine Hand und legte sie auf seinen String. Ich kreischte vor Überraschung und Entzücken. Was ich für ein Polster gehalten hatte, war definitiv zu hundert Prozent warmes menschliches pulsierendes Fleisch. Ich presste meine Handfläche gegen seinen Schaft und spürte, wie er sich unter meiner Berührung regte. Ich malte mir seinen Ständer aus, groß und hart und nur für mich, stellte mir seine Eier vor, wie sie anschwollen, damit er mir sein Sperma ins Gesicht spritzen konnte. Ich hatte schon lange keine solchen Phantasien mehr gehabt, schon gar nicht mit einem Fremden, war aber andererseits auch schon lange nicht mehr in der Nähe eines derart scharfen Typen gewesen. Ich spürte, wie ich unter dem Make-up rot anlief.

Aus der Stereoanlage dröhnte der Schlussakkord, und die Vorstellung war beendet.

»Ich denke, es besteht keine akute Feuergefahr mehr«, sagte er mit einem Lächeln. »Aber um auf Nummer sicher zu gehen, muss ich Sie, fürchte ich, trotzdem aus dem Gebäude evakuieren«. Mit diesen Worten warf er mich so mühelos über die Schulter, als wäre ich eine Stoffpuppe. Meine Titten wurden gegen seinen muskulösen Rücken gepresst, mein Po hing über seiner Schulter, und mein ohnehin schon kurzer Rock war noch weiter hochgerutscht, so dass ich seinen Atem auf den Oberschenkeln spüren konnte. Mein

Haar hing in langen Strähnen herunter und streifte seine Kniekehlen. Ich fragte mich, ob ihm das sanfte Streicheln auf seiner Haut gefiel, auch, ob die anfänglich leichte Schwellung zunahm, während meine Beine über seinem Vorderkörper baumelten.

Meine Freundinnen lachten und schossen Fotos, als er mich aus dem Raum in den Flur trug. Das Blut stieg mir in den Kopf, und das Flattern zwischen meinen Beinen wurde immer heftiger, mein Verlangen immer fordernder. Am Ende des Flurs blieb er stehen. Er beugte seine starken langen Beine, als er mich absetzte. Die Show war vorbei, nur meine immer härter werdenden Nippel und meine feuchte Muschi verlangten nach mehr.

»Na dann«, sagte er. »Vielen Dank, dass Sie so gut mitgemacht haben. Es ist ein seltenes Privileg, mit einer so hübschen Junggesellin zu arbeiten. Sie können jetzt zu Ihren Freundinnen zurückkehren.«

Jetzt oder nie, dachte ich. »Muss ich denn?«, fragte ich kokett.

Er merkte, dass ich es ernst meinte. »Nein«, antwortete er. »Es ist Ihre Abschiedsparty. Und ganz allein Ihre Nacht. Sie können tun, was Ihnen am meisten zusagt.«

»Was mir am meisten zusagt«, murmelte ich und ging einen Schritt auf ihn zu, so dass unsere Körper eng aneinanderlagen, »das sind *Sie*.«

Hinter ihm befand sich eine Tür, die auf einen Balkon hinausführte. Er stieß sie auf und zog mich hinter sich her. Wir standen auf einer Eisentreppe über einer verlassenen Nebenstraße, einer Feuerleiter. Ich dachte nicht an Danny, nicht an meine Freundinnen am anderen Ende des Flurs, an nichts anderes als das Pulsieren und die Feuchtigkeit in meinem

Schritt. In Erwartung seiner Berührung wurde meine Klit immer größer und empfindlicher.

Er begann mich mit derselben Schnelligkeit auszuziehen, mit der er seine eigenen Kleider abgelegt hatte. Erst schob er mir die Spaghettiträger über die eine, dann über die andere Schulter. Meine Brüste sprangen aus dem BH. Er neigte den Kopf und begann meine Brust zu küssen. Ich lehnte mich zurück gegen die kalte Ziegelwand und ließ mich von ihm aus dem Kleid schälen. Bis auf die Schuhe und mein Höschen war ich nackt.

Ohne Vorwarnung fuhr er mit der Hand unter meine Oberschenkel und hob mich ein wenig an, ohne sich die Mühe zu machen, mein Höschen auszuziehen. Er schob es einfach zur Seite.

»Mein Gott, du triefst ja«, stellte er fest, als seine Finger den feuchten Baumwollstoff berührten. Ich schlang ihm die Arme um den Nacken und verschränkte die Knöchel über seinen Hintern. Meine Brüste und mein Bauch streiften seinen Oberkörper, meine Nippel rieben gegen seine. Er fummelte am Tanga herum und befreite seinen pochenden Ständer. Ich spürte, wie sich sein Schwanz noch weiter aufrichtete, seine weiche glatte Spitze stupste sanft gegen meine Schamlippen. Er beugte die Hüften so, dass die Schwanzspitze auf meine Klitoris zeigte und er meine kleine harte Knospe mit seinem Ständer rieb. Meine Muschi erzitterte, verlangte nach mehr.

»Ich kann nicht mehr warten.« Ich hatte das Gefühl sterben zu müssen, wenn ich nicht sofort seinen gigantischen Schwanz in mir spürte. »Ich will dich jetzt. Sofort.«

Mit geschmeidigen braunen Fingern schob er mir die Schamlippen auseinander und öffnete meine Höhle. Sekunden später war sein dicker strammer Schwanz in mir, der meine Möse bis zum Anschlag ausfüllte. Ich vergrub mein Gesicht in seiner muskulösen Brust und ließ mich mit vollem Gewicht auf seinen Ständer hinunter. Sein Beckenknochen ragte mir entgegen, und die kleinen Löckchen seiner Schambehaarung kitzelten und neckten meine Klitoris, schickten vororgastische Schauder durch meinen Körper.

Er stieß von unten in mich, während ich ihm von oben entgegenkam. Unsere Lustschreie waren perfekt synkopisch, als wir unter wildem animalischem Stöhnen auf den Orgasmus zusteuerten. Das Klatschen von Haut gegen Haut hallte durch die Nacht, als meine Titten gegen ihn schlugen und seine Eier gegen meinen Po. Ich rieb mich noch härter und schneller an ihm, dachte an nichts anderes mehr als diesen einmaligen Moment. Gerade als ich glaubte zu kommen, stieß er mir einen Finger in den Anus und brachte mir die Erleichterung, die ich ersehnt hatte. Als die ersten orgastischen Wellen über mich hereinbrachen, krallte ich meine Finger in seinen Hintern, weil ich ihn noch tiefer in mir haben wollte. Mein Höhepunkt war heftiger und länger als jemals zuvor, eine Kette winziger Explosionen in meinem Körper. Meine Muschi kontrahierte wieder und wieder und massierte seinen Schwanz in mir. Er kam gleich nach mir, es war ein stummer, wortloser Orgasmus. Wir blieben noch ein paar Sekunden liegen, um wieder zu Atem zu kommen. Als er mich zurück auf die Eisentreppe setzte, mussten wir feststellen, dass uns beiden die Beine zitterten.

Wir lächelten uns an, zufrieden, wissend, dass wir gerade einen überwältigenden einmaligen Fick erlebt hatten. Auf wackligen Beinen verschwand ich in die Damentoilette. Als ich mich in der Kabine einschloss, konnte ich hören, wie der

Stripper meinen Freundinnen erzählte, ich sei nur eben mal auf die Toilette gegangen, um mir die Schokolade vom Gesicht zu waschen, und käme in einer Minute zurück. Als ich mich ein bisschen frisch gemacht hatte und zu meinen Freundinnen zurückkehrte, war er bereits weg.

Zurück am Tisch, nahm mich Fiona in den Arm. Falls sie ahnte, was ich mir gerade geleistet hatte, so ließ sie sich nichts anmerken. »Bist du mir sehr böse?«, wollte sie wissen. »Tut mir leid. Ich habe sein Foto auf der Website gesehen und konnte einfach nicht widerstehen.«

»Nein«, erwiderte ich. »Ich bin dir nicht böse.« Und ich war es wirklich nicht. Ganz im Gegenteil. Ich war in meinem ganzen Leben noch nie so dankbar gewesen.

Heiße Nächte zu dritt

Jule Winter

VERBOTENE LUST

Erotischer Roman

ISBN 978-3-548-28286-2
www.ullstein-buchverlage.de

Es ist November, und an der Ostsee ist es bitter-
kalt. Sonja und André sind in ihr Ferienhaus
geflüchtet, um in aller Stille ihre Beziehung zu
erneuern. Eines Tages steht ein Mädchen vor ihrer
Tür, völlig verängstigt. Sonja und André nehmen
die junge Frau bei sich auf. Schon bald beginnt
ein erotischer Reigen zu dritt. Doch dann stellt ein
unerwartetes Ereignis Sonja und André auf eine
harte Probe.

Astrid Martini

Zuckermond

Roman

ISBN 978-3-548-26688-6
www.ullstein-buchverlage.de

Die Künstlerin Helena lernt auf einer Vernissage den umwerfenden Leonhard kennen. Sie erleben eine unvergessliche Nacht miteinander, aber Leonhard ist einer der teuersten Callboys der Stadt – Helena sollte ihn besser vergessen. Doch Helenas Eltern fordern immer drängender einen künftigen Ehemann und so stellt sie ihnen Leonhard vor. Sein Preis für das Spiel ist jedoch hoch: Sie muss ihm zwei Wochen lang als sein persönliches Callgirl zur Verfügung stehen …

»Astrid Martini hat Worte für Erotik.« *Rhein-Zeitung*

UB483

Lonnie Barbach

Welche Farbe hat die Lust?

Frauen erzählen ihre erotischen Phantasien

ISBN 978-3-548-26834-7
www.ullstein-buchverlage.de

21 Frauen geben ihre geheimsten Phantasien preis. Sie
bekennen, was sie erregt: Abenteuer, Risiko, die intime
Nähe und eine Ahnung von Liebe … Ob die Leidenschaft
durch Liebesbriefe entfacht wird oder eine Kriegerin einen Sklaven in einem anderen Sonnensystem verführt –
mal zart, mal hart loten die Autorinnen alle Spielarten der
Lust aus. Ein Spektakulum intelligenter, spannungsvoller
Erotik.

»Lonnie Barbach – eine Kämpferin, die Mut macht.«
Cosmopolitan

UB415